30 ANYS 1986 2016
bromera

ELS NOSTRES AUTORS

ASSESSORS DE LA COL·LECCIÓ

Salvador Bataller, Jeremies Barberà, Pere Calonge i Josep Antoni Fluixà

ÚLTIMS TÍTOLS PUBLICATS

68. *Més discordances.* Joan Fuster. A cura d'Enric Sòria
69. *Ocells de pas i altres proses.* Santiago Rusiñol. Introducció d'Urbà Lozano
70. *Poemes i narracions.* Salvador Espriu. A cura d'Antoni Prats
71. *Retaule en gris.* Joaquim Amat-Piniella. Introducció de David Serrano i Blanquer
72. *Ombres en la nit.* Ferran Torrent. Introducció de Francesc Calafat
73. *Després de les tenebres i altres narracions.* Josep Lozano. Introducció de Carme Gregori
74. *La condició valenciana.* Joan F. Mira. Introducció de Martí Domínguez
75. *Tres poetes del Segle d'Or.* Ausiàs March, Roís de Corella i Jordi de Sant Jordi. A cura de Rosa Borràs i Vicent Borràs
76. *Paranys.* Toni Cucarella. Introducció de Maria Josep Juan i Josep V. Martínez
77. *Notícia de la tribu. Antologia poètica.* Marc Granell. A cura de Gonçal López-Pampló
78. *La filla del mar.* Àngel Guimerà. A cura de Ramon X. Roselló
79. *L'auca del senyor Esteve.* Santiago Rusiñol. Introducció de Carme Gregori
80. *L'ambició d'Aleix.* Enric Valor. Introducció de Vicent Simbor
81. *La lluna i el 'Cala Llamp'.* Baltasar Porcel. Introducció de Carles Cabrera

Polígon Industrial I - 46600 Alzira
www.bromera.com
Disseny de la col·lecció: Enric Solbes
Impressió: Romanyà-Valls

1a edició: novembre, 1995
9a edició: febrer, 2016
ISBN: 978-84-7660-226-3
DL: B-36597-2011

Història de Jacob Xalabín

Anònim

Versió: Francesc Machirant
Introducció: Vicent Josep Escartí
Propostes: S. Bataller i V. J. Escartí
Il·lustracions: Carles Prunés

ELS NOSTRES AUTORS

bromera

INTRODUCCIÓ

1. PRELIMINARS

No ens erraríem massa si afirmàvem que pràcticament sobre totes les novel·les catalanes medievals plana un cert «misteri». La qüestió de la paternitat doble o única del *Tirant lo Blanc*[1] o el fet que *Curial e Güelfa* haja estat recentment assenyalada com una novel·la suspecta de falsificació[2] són els exemples més cridaners. Però també caldria recordar la possible existència d'un text en la nostra llengua, *Lo Arderic,* que, ara com ara, només és conegut en la seua edició en castellà;[3] i encara, ni que siga de passada, la *Tragèdia de Lançalot,* de Lluís Gras, que ens ha pervingut lamentablement en estat fragmentari.[4]

La *Història de Jacob Xalabín* —el text que ara ens ocupa— també es pot encabir en aquest grup de novel·les medievals amb alguns components desconeguts per als investigadors actuals. De fet, no en sabem el nom de l'autor i tampoc no ens trobem en condicions d'afirmar que l'obra no haja estat traduïda d'una llengua altra que el català.[5] Tant en una qüestió com en l'altra, però, la resolució de

---

1. Les darreres investigacions s'inclinen per considerar Martorell com l'únic autor d'aquesta obra (vegeu RIQUER, M. de: *Aportació al Tirant lo Blanc,* Barcelona, 1990, pp. 285-297).

2. Vegeu RIERA I SANS, J.: «Falsos dels segles XIII, XIV i XV», dins *Actes del Novè Col·loqui Internacional de Llengua i Literatura Catalanes,* Abadia de Montserrat, 1993, pp. 425-491.

3. Vegeu-ho a BERGER, Ph.: *Libro y Lectura en la Valencia del Renacimiento,* 2 vols., València, 1987, vol. II, p. 474.

4. Sobre aquesta poc coneguda obra, vegeu RIQUER, M. de: «La Tragèdia de Lançalot, texto artúrico catalán del siglo XV», *Filologia Romanza,* II (1955), pp. 113-129.

5. Sobre aquesta qüestió hi ha interessants aportacions a SOLÀ-SOLÉ, J. M.: «La *Història de Jacob Xalabín* i el món àrab», dins *Catalan Studies. Volume in Memory of Josephine de Boer,* Barcelona, 1977, pp. 213-222.

l'enigma és ben complicada i, en última instància, la importància de la resposta és molt relativa. Encara que, òbviament, conéixer aquesta mena de detalls no deixa de ser profitós, si volem entendre la mentalitat que hi ha subjacent en l'obra —la de l'autor— i la finalitat última amb què fou redactada.

2. UN AUTOR DESCONEGUT

El problema de la paternitat de la *Història de Jacob Xalabín* és, com sol ocórrer en els casos dels textos que ens han arribat sense una atribució clara a un determinat autor, un dels aspectes que més ha cridat l'atenció dels investigadors que s'hi han acostat. Però, pel que fa a la nostra novel·la, ningú no ha llançat hipòtesis de noms de personatges més o menys coneguts, històrics doncs, que podrien haver estat els autors, sinó que més aviat s'ha centrat el «debat» sobre la probable relació d'aquest autor anònim amb el món on es troben situats els personatges del seu text: la Turquia de les acaballes del segle XIV. Un país exòtic, encara que, segurament, no tant.

D'ençà que la *Història de Jacob Xalabín* tornà a posarse en circulació, amb la seua publicació el 1906, el 1909 i el 1910,[6] els qui en van tenir cura de les edicions, hi detectaren un coneixement pregon de la realitat turca per part de l'autor.[7] Aquelles primeres sospites, però, es confirmaren ja categòricament amb l'edició crítica d'Arseni Pacheco;[8] i Lola Badia, més recentment, en el seu pròleg arriba a afirmar que

---

6. Vegeu *Istòria de Jacob Xalabin, fill de l'*Amorat *Senyor de Turquia,* a cura de R. Foulché-Delbosc, Vilanova i la Geltrú, 1906. (No hem pogut consultar aquesta edició); MIQUEL Y PLANAS, R.: *Novel·lari català dels segles XIV al XVIII,* Barcelona, 1909; i ídem: *Històries d'altre temps. VII. La història de Jacob Xalabín seguida de la de la filla de l'emperador Constantí,* Barcelona, 1910.

7. Vegeu les reflexions en aquest sentit de MIQUEL Y PLANAS, R.: *Histories...,* pp. VI—IX.

8. Vegeu *Història de Jacob Xalabín,* a cura d'A. Pacheco, Barcelona, 1964. Aquesta edició, i els estudis que la precedeixen i la clouen, ha estat la base de les posteriors edicions i estudis i, en bona mesura, n'ha orientat les recerques en molts casos.

> «els turcs del *Jacob Xalabín* són turcs de debò: les inexactituds són mínimes, la coherència històrica màxima. Cal afegir només que, referent a l'ambient de la vida quotidiana, es podria arribar a unes conclusions anàlogues».[9]

Les mateixes opinions o unes de semblants podríem recollir a partir dels estudis de J. Molas[10] i M. de Riquer,[11] per exemple.

Tanmateix, Vicent Escrivà, no fa massa anys encara, iniciava un altre camí. En efecte, aquest investigador suggeria

> «un narrador català oriental amb cert coneixement superficial de l'àrab andalusí i no precisament resident —o renegat— a Turquia. (...) Evidentment, postule un *autor* d'entre la colla d'ambaixadors, funcionaris, mercaders, escrivans que hagen residit a qualsevol fonda d'Al-Andalus».[12]

La bona veritat és que, en llegir la *Història de Jacob Xalabín,* es té la sensació que l'autor coneix Turquia. Almenys, coneix certs costums, el nom d'algunes ciutats i la realitat política de la zona. Però l'«ambient turc» sembla senzillament un ambient «oriental»: potser el del món musulmà en general. Un món que podia ser perfectament el de l'Al-Andalus pròxim, reduït, si es vol, al regne de Granada i a les comunitats musulmanes que habitaven zones prou extenses dels territoris peninsulars de la Corona d'Aragó i, especialment, del regne de València. Però també fa la sensació que l'autor de la versió que nosaltres podem llegir, o bé dóna per suposat que el lector coneix aquell món —i en aquest sentit només n'explica

---

9. BADIA, L.: «Estudi introductori» a *Història de Jacob Xalabín,* a cura de L. Badia, Barcelona, 1982, p. 15.

10. MOLAS, J.: *Literatura catalana antiga,* vol. III, Barcelona, 1963, pp. 28-32.

11. RIQUER, M. de: *Història de la literatura catalana,* vol. III, Barcelona, 1984 (4a ed.), pp. 243-248.

12. Vegeu ESCRIVÀ, V.: «Jacob Xalabín: el complex de cultura i el narrador», dins *Miscel·lània Sanchis Guarner,* Abadia de Montserrat, 1992, vol. II, pp. 27-39. (La citació, pp. 26-27) [El treball havia estat publicat inicialment a *Estudis de llengua i literatura catalanes,* València, 1984, vol. I].

algunes coses pintoresques—, o bé no sent la necessitat d'explicar res d'aquells països on transcorre l'acció. I en això s'allunya clarament dels relators occidentals de viatges a terres exòtiques, entestats a narrar els prodigis i les meravelles de la terra per la qual havien transitat.[13]

Per tant, ara com ara, la hipòtesi d'un autor de la nostra novel·la, renegat i català —o senzillament d'un català al servei del poder turc o al servei de l'emperador de Constantinoble, com el mateix Tirant, per altra part—, que defensaven els estudiosos del *Jacob Xalabín* majoritàriament, caldrà combinar-la amb la possibilitat d'un mercader català coneixedor del món musulmà però que necessàriament no hagués viscut a Turquia, com suggereix l'estudi de V. Escrivà vist suara. En qualsevol cas, allò que no resta massa clar és el perquè un autor català escull personatges reals de la dinastia turca i se n'inventa d'altres —si és que ho fa—, amb la intenció de fer una apologia evident del personatge principal, d'altra banda ja mort en el moment en què es confegeix el text en l'estat en què el podem llegir avui.[14]

3. ¿UNA NOVEL·LA ESTRANYA?

Sense cap dubte, quan els investigadors s'han qüestionat l'originalitat o no de l'anònim català respecte a la *Història de Jacob Xalabín* en l'estat actual, no ho han fet gratuïtament.[15]

---

13. Segurament, el viatge d'un occidental a terres de l'Orient amb més difusió és el del venecià Marco Polo. La lectura d'aquest text —tan famós que coneix una traducció al català ja en el segle XIV— es pot fer a *Viatges de Marco Polo,* a cura d'A. Gallina, Barcelona, 1958.

14. Cal recordar, ara, la intencionalitat que hi creu descobrir Ribera Llopis, el qual afirma «que no és altra cosa sinó una factible acusació contra qui va ésser el destructor del darrer baluard significatiu d'origen català en aquelles contrades, Bajazet. És aquest qui liquida la dinastia de Salona (1934)» (RIBERA LLOPIS, J. M.: «Interpretació —literària— de la *Història de Jacob Xalabín», Llengua & Literatura,* núm. 4 (1990-1991), p. 11).

15. A tall d'exemple, donem ací els dubtes de qui sense cap dubte estudià més a fons el nostre text: «Sembla indiscutible l'origen oriental de la totalitat dels elements de la narració però no podem precisar si arribaren a l'autor ja fosos en una versió primitiva de la història o si fou ell mateix qui,

En efecte, la primera cosa que crida l'atenció, quan es llig aquesta novella,[16] és que els personatges principals i «bons» són turcs —i per tant mahometans—, mentre que els cristians, en aparéixer, fan el paper dels «dolents», dels qui són la causa de la desgràcia final de Jacob i del seu pare. Els jueus, com no podia ser altrament, també fan el paper de malvats; però això és una altra qüestió.[17]

De fet, ara convé destacar que un autor cristià de finals del segle XIV, probablement, no hauria tractat mai els turcs ni, especialment, el Jacob de la novel·la amb tanta benignitat i de manera panegírica. Els turcs que amenaçaven Constantinoble i que acabarien lliurant nombroses batalles amb Tirant, no gaudien de bona premsa en les nostres terres. Com a musulmans, i per tant enemics per excel·lència de l'Europa medieval —i encara moderna—, no podien despertar massa simpaties entre els escriptors occidentals. Però aquesta qüestió, que es podria resoldre fàcilment dient que la nostra *Història de Jacob Xalabín* és una traducció, no és tan senzilla. Si fos així, l'autor turc —o cristià renegat— no hauria tractat els cristians tan indiferentment —o neutralment, si es vol— ni menys encara hauria fet una citació de l'Evangeli en la seua

---

compilant temes i situacions d'origen divers, donà forma definitiva al relat» (PACHECO, A.: «Introducció» a *Història de Jacob Xalabín*, Barcelona, 1964, p. 6). Vegeu, encara, l'article de SOLÀ-SOLÉ citat a la nota 5.

16. Tampoc sobre els subgènere de la nostra novel·la no hi ha acord entre els estudiosos. Miquel i Planas considerava el nostre text «un llibre de cavalleries, d'un caràcter tot especial y ab un deix de cosa viscuda poch freqüent» (MIQUEL Y PLANAS, R.: *Històries...*, p. VI). Per la seua banda, Pacheco hi veu una «novel·la històrica» (PACHECO, A.: *op. cit.*, p. 5) i Badia afirma que «és de temàtica fonamentalment amorosa» (BADIA, L.: *op. cit.*, p. 6). En una de les darreres aproximacions a l'obra, Llúcia Martín adopta una postura eclèctica: «És completament una obra novel·lesca no enquadrable dintre de cap gènere o subgènere literari dels que estableix la tradició. No obstant això es pot incloure formalment dins la categoria de *novel·la breu*» (MARTÍN I PASCUAL, Ll.: «Presència de la tradició oriental al *Jacob Xalabín*», dins *Miscel·lània Joan Bastardas*, Abadia de Montserrat, 1989, vol. I, p. 231). Riquer, encara que la qualifica de «novel·la oriental», la defineix com «una breu novel·la d'aventures bastida sobre un real fonament històric» (RIQUER, M. de: *Història...*, vol. III, p. 243.

17. Vegeu més avall, quan parlem dels personatges de la novel·la.

obra, quan per altra banda no hi fa cap citació de l'Alcorà. Totes aquestes dades, no massa fàcils d'explicar, malament ens poden donar la solució sobre el possible autor i sobre la mateixa gènesi i elaboració de la novel·la, ja que hi afegeixen una certa incongruència, ni que siga en aspectes secundaris.

És possible, però, que es puga avançar més i ens plantegem el text com una refosa on s'apleguen materials diversos, com per una altra banda ja han insinuat alguns dels investigadors citats més amunt.[18] En aquest sentit, la novel·la caldria contemplar-la a partir d'unes parts diferents que haurien conegut autors possiblement diversos. En primer lloc, una base de la novel·la hauria estat una mena de pamflet apologètic, redactat en turc o en qualsevol altra llengua —i possiblement hi podríem incloure la catalana.[19] Aquesta part vindria constituïda pels capítols inicials, una breu sinopsi de la part «sentimental» del text i la part final, on s'explica la batalla de Kossovo, de la qual, però, no es dóna el nom. El segon bloc de la nostra novel·la, aquell on són narrades les aventures de caire cavalleresc i amorós de Jacob i d'Alí Paixà, podria haver estat redactat en una segona fase, aprofitant la possible versió més reduïda preexistent, però ja amb unes intencions totalment diverses: potser les mateixes que guiaven l'anònim compilador de la novel·leta intitulada *Història de la filla de l'emperador Constantí* i el nostre *Jacob Xalabín;* dos textos que apareixen junts en l'únic manuscrit que ens els ha conservat i que, des del nostre punt de vista, no han estat suficientment posats en contacte, ja que presenten paral·lelismes evidents.[20]

---

18. Vegeu especialment Molas, J.: *op. cit.*, p. 28, i Pacheco, A.: *op. cit.*, p. 39, els quals suposen un «pamflet» anterior a la confecció de la nostra novel·la.

19. De fet, a finals del segle xiv la presència de catalans a les terres de la Mediterrània oriental és ben documentada (vegeu-ne les dades que s'aporten, en relació a la novel·la comentada ací, a Pacheco, A.: «Apèndix» a *Història de Jacob Xalabín* Barcelona, 1964, pp. 151-166).

20. No és aquest el lloc escaient per tal d'analitzar aquesta qüestió. Creiem que serà suficient amb l'enunciació d'alguns dels aspectes més

La possibilitat de la participació de dues mans diverses, per bé que no pot ser demostrada, ajudaria a explicar, en part, la diferència de criteris respecte al coneixement més o menys pregon del món turc per part de l'autor i, encara, podria col·laborar a clarificar les suposades «incoherències» de l'estructura del text.[21] El fet que a la fi de la novel·la aparega el relat de la batalla de Kossovo i que això mateix aprofite per fer-hi l'apologia total de Jacob —amb el seu martiri, cal no oblidar-ho—, obeiria clarament a l'esquema del pamflet polític que s'hauria generat en un primer moment i en un ambient musulmà. El fet que es considere Beseit Bei com a *bastard* —un concepte inexistent en el casal turc, en tant que només compta la línia masculina—, potser es deuria a la concepció del segon «autor», un autor de formació cristiana on aquell concepte encaixa perfectament. Aquesta segona mà, segurament, hauria estat la mateixa que hauria citat l'Evangeli de sant Mateu.[22] La intervenció de dues mans, encara, justificaria el fet que el relat de la batalla s'acorde de vegades a les fonts turques i d'altres a les fonts occidentals.[23]

---

destacats: en *La filla de l'emperador Constantí,* el pare s'ha de casar amb la filla; aquest consent a canvi de no consumar el matrimoni. Com que el pare no respecta el pacte, la filla es veu forçada a fugir i a partir d'aquests moments passa tota una sèrie d'aventures. El final sembla caòtic, però sorprenentment esdevé «feliç». En la *Història de Jacob Xalabín,* l'argument corre paral·lel al que ara hem explicat i només la fi és contrària ja que ací la fi sembla feliç i esdevé fatal. Un text i l'altre han de veure's, doncs, com a complementaris i il·lustradors d'uns comportaments humans semblants. (Sobre el text de *La filla de l'emperador Constantí,* vegeu l'estudi i edició crítica a *Novel·letes exemplars,* a cura d'A. Pacheco, Barcelona, 1934.)

També apunta la relació estreta entre un text i l'altre Ribera Llopis, J. M.: *op. cit.,* pp. 36-37, que hi veu, en el manuscrit que els conté, el nucli d'un hipotètic recull de narracions breus.

21. Cal assenyalar, però, que en opinió de L. Badia, aquestes incoherències no existeixen (vegeu Badia, L.: *op. cit.,* p. 16).

22. Aquesta citació apareix al capítol primer del nostre text.

23. Hem d'assenyalar que, en opinió de Pacheco, la narració de la batalla a la nostra novel·la és més acord amb les fonts turques que no amb les cristianes, però amb tot, «ofereix una barreja» (vegeu Pacheco, A.: «Introducció» a *Història...,* pp. 10-13; la citació, p. 10).

Ara com ara, tot açò només són suposicions. Un estudi més minuciós potser aportarà alguna llum més en la direcció que indiquem. Tanmateix, el que sí que ens sembla evident és que la nostra novel·la —la que actualment podem llegir— aplega, si més no, dos estadis diferents en la seua redacció. Dos estadis que, si bé no sempre s'ajusten totalment, han aconseguit una simbiosi que possibilita el fi últim del text. El pamflet inicial no era altra cosa que una història concreta i personal. Amb les amplificacions que pateix la història, l'autor aconsegueix que aquesta esdevinga més «universal». En certa manera, Jacob Xalabín, un heroi llunyà en l'espai, més o menys pròxim en el temps, però, a la fi, mort, es convertia en un cavaller just *injustament* castigat per les circumstàncies de la vida. La Fortuna, quan tot sembla que ja s'ha resolt, li gira l'esquena. Una lliçó moral —tan del gust dels homes de l'Edat Mitjana—, que era l'anvers, en certs aspectes, de la *Història de la filla de l'emperador Constantí,* el text que ja sabem que acompanyava originàriament el nostre *Jacob Xalabín.*

4. ELS PERSONATGES REALS I ELS PERSONATGES VERSEMBLANTS

La crítica que ha treballat sobre el text de la *Història de Jacob Xalabín* ha estudiat des de diverses òptiques els seus personatges[24] i això ens permet ara establir-ne dos grups: aquells que han estat confirmats com a persones de carn i os que van viure a la Turquia del moment i aquells altres dels quals no sabem res, que fins i tot podrien identificar-se en qualsevol moment però que, per damunt de tot, no presenten cap símptoma dissonant en el desenvolupament de la història: que són, per dir-ho breument, absolutament versemblants.

La *Història de Jacob Xalabín* és una novella construïda

24. A banda de les introduccions a les diferents edicions ja citades, vegeu l'article de MARTÍN I PASCUAL, Ll.: «Els personatges del *Jacob Xalabín* i la història», dins *Miscel·lània Joan Fuster*, vol. II, Abadia de Montserrat, 1990, pp. 45-57.

damunt la xarxa que estableixen les aventures d'uns personatges històrics concrets, els cavallers Jacob i Alí, els quals, tot i partir d'un origen semblant, tindran una fi ben diferent.

L'inici de la novel·la (caps. I-IV) ens situa els personatges en la cort turca de les acaballes del segle XIV, amb Murat —el monarca— casat amb una dona bella i jove, Issa Xalabina. Aquesta dama no tarda massa a enamorar-se del seu fillastre Jacob i això serà el major infortuni d'aquest. Infortuni accelerat pel metge jueu Quir Mossé, a qui només importa la seua posició social, frenat per altres personatges als qui mou la pietat i que ajudaran el protagonista en la seua fugida de la cort. Aquesta primera part del text, on es conjuguen elements folklòrics[25] i elements presos de la realitat de la cort turca, fa només la funció de pòrtic i és l'origen, a la fi, de les aventures que li esdevindran a Jacob i al seu íntim amic Alí Paixà.

Fins aquest punt de la trama, els personatges en joc, Jacob, el seu pare, Murat i Alí Paixà —pare i fill— es troben perfectament documentats. Issa Xalabina i Quir Mossé no, però són absolutament creïbles: la dama podia ser una de les esposes del monarca turc —o representar les ambicions polítiques d'un grup de cortesans—; el metge jueu no seria tampoc un personatge massa estrany en aquella cort, com no ho era en corts europees, tot i l'evident poca simpatia que despertaven els fills d'Israel entre el poble, com és de sobres conegut.

En iniciar-se les aventures de Jacob i d'Alí, a Palàcia i a Setalia (caps. V-XIV), ni la donzella Nerguis ni el seu pare, senyor de Palàcia, ni el senyor de Setalia ni la seua germana, no sabem qui són. És molt possible que senzillament això calga atribuir-ho al desconeixement dels investigadors que ens han precedit i al nostre; però també és probable que, en el fons, només foren personatges de ficció. D'una relativa ficció; perquè, certament, allò que sí que coneixem

25. Sobre els elements folklòrics del text han dit la seua gairebé tots els qui se n'han ocupat. No obstant això, podeu veure les darreres reflexions de RIBERA LLOPIS, J. M.: *op. cit.*, pp. 13-23.

és la relació de l'imperi turc amb aquells dos estats pràcticament vassalls seus (Palàcia i Setalia) i, per tant, és perfectament lícit de creure que un príncep turc com Jacob, en veure's amenaçat pel poder del seu pare, haguera fugit a terres amigues i que, a més, li pogueren oferir una mínima protecció davant el poder de Murat. Els personatges, i les situacions, d'aquesta part de la novel·la —la part més sentimental o amorosa— són, per tant, versemblants, si no estrictament certs, tot i que, a hores d'ara, els estudiosos no ho hagen confirmat encara. En aquesta mateixa part cal comentar l'arribada de Jacob, d'Alí i de les seues respectives esposes a Brusa —la capital de l'imperi turc i lloc on s'havia originat el conflicte del qual arranca la nostra novel·la— i el seu aparent establiment com a prínceps i cavallers pròspers, destinats a regir el destí del seu país. Un «final feliç» en què els personatges que havien estat la causa de la desgràcia de Jacob i d'Alí —la madrastra i el metge jueu— ja han desaparegut de l'escenari.

Tanmateix, a la tercera i darrera part (caps. XV-XVI), un colp inesperat i que es converteix en un element sorpresa, tot i haver estat anunciat en el resum que apareix al principi de l'obra, fa canviar per complet aquesta situació: els cristians ataquen les terres turques. Per no suplantar, més que ja ho fa l'autor, el dret sagrat del lector a descobrir personalment la trama, afegirem que superat aquest atac per part dels musulmans, Beseit Bei —germà bastard de Jacob i el personatge més sinistre de la novel·la—, trastocarà aquest final feliç.

En aquesta darrera part, els personatges —a banda dels ja coneguts— que prenen el protagonisme —Beseit Bei, que ja havia aparegut a l'inici; els generals cristians i els turcs— són rigorosament històrics. De la mateixa manera que la batalla, que correspon a la celebrada a Kossovo el 1389, és totalment certa. Només algun punt, en opinió d'A. Pacheco, no s'ajusta del tot a la realitat; però són detalls sense massa importància.[26] Amb tot, allò que no s'ha

26. Pacheco, A.: «Introducció» a *Història...*, pp. 10-13.

documentat o allò que segurament s'ha manipulat en la nostra versió de la batalla cau de ple dins l'àmbit de versemblança que hem vist que caracteritzava els episodis anteriors. L'únic aspecte més cridaner, i que cal considerar ara, és que no és gens clar que Beseit Bei fos l'assassí del seu pare, com afirma el nostre autor.[27] Tanmateix, hi ha corroborats fratricidis anteriors amb el mateix objecte entre els membres de la dinastia turca: sense anar més lluny, Elbai Murat, pare de Jacob i Beseit, va matar el seu germà Ibrahim, per tal d'accedir al tron, i en va institucionalitzar la pràctica.[28]

A la vista d'aquesta configuració totalment «verídica» de les aventures que ocorren al voltant de la figura documentada de Jacob Xalabín —i d'altres personatges—, no sembla del tot inadequat qualificar d'«històrica» aquesta novel·la.[29] La bona veritat és que les aventures de Jacob Xalabín i d'Alí Paixà —tant les documentades històricament com aquelles altres no testimoniades— es poden encabir perfectament en la línia d'aquelles que eren habituals en els cavallers del moment: justes i jocs cavallerescos, enamoraments de donzelles amb dificultats afegides, participació en batalles... Pràcticament igual que li ocorre a Tirant, en un text tan marcadament realista com el de Martorell. El nostre *Jacob Xalabín,* doncs, hem d'incloure'l també en aquest grup de novel·les catalanes medievals clarament realistes i allunyades dels elements fantàstics freqüents en els textos del cicle artúric i també habituals en els *libros de caballerías* castellans posteriors.

---

27. PACHECO, A.: «Apèndix» a *Història...,* p. 164.

28. *Ibídem,* p. 151.

29. Un text com el nostre, evidentment, no vol ser una crònica. Tanmateix, participa d'algunes característiques d'aquesta mena d'escrits, tot i tenir en compte que també hi participen altres elements. (A banda dels estudis ja citats, que recullen aquestes idees, per tal de situar la nostra novel·la en el context literari del moment, pot resultar ben útil la consulta de RIBERA LLOPIS, J. M.: «Estudi preliminar» a *Narrativa breu catalana (segles XIV-XV),* València, 1990, pp. 9-64).

5. ASPECTES LITERARIS

La lectura del *Jacob Xalabín* posa de relleu uns quants aspectes literaris que, tot i que s'han destacat anteriorment, ens cal recordar ara. En primer lloc, el fet que el llenguatge i l'estil de la nostra novel·la s'acosta prou al de les cròniques del moment, un llenguatge que, com ha escrit L. Badia, és

> «el llenguatge literari de nivell més baix, és a dir, més proper a la llengua parlada, que ofereix la nostra tradició antiga».[30]

De fet, aquesta particularitat del nostre text s'adiu perfectament amb altres característiques que s'hi poden detectar, entre les quals cal remarcar la linealitat de la història, que avança monòtonament a partir d'oracions coordinades i juxtaposades, amb molt poques de subordinades. Un tret que de bell nou ens ha de fer pensar en el registre oficial, possiblement l'estadi en què va tenir la seua gènesi el nostre text.

L'autor, en aquest registre cronístic i gairebé oral, on no li calia preocupar-se excessivament per les qüestions estilístiques, va aconseguir, de més a més, que la seua narració tinguera un elevat grau de coherència —malgrat la possible intervenció de dues mans— i va assolir dotar el seu relat d'una intencionalitat fins a cert punt «moral», per damunt de la mera anècdota —siga exalçar Jacob, siga atacar Beseit Bei—; i això, al costat d'una altra funció que cal no perdre de vista en aquesta mena de novel·letes: la d'entretenir el lector. Hem de reconéixer que el redactor, tot i no presentar-se'ns com un escriptor dotat, aconsegueix mantenir-nos interessats per la història que ens conta; dota els personatges d'una discreta profunditat psicològica —ni que siga amb els adjectius que solen acompanyar el nom— i arriba a il·lustrar la personalitat dels actors de les seues escenes a partir, sobretot, dels diàlegs, que presenten una bona dosi de coloració col·loquial i no gens afectada,

---

30. Badia, L.: *op. cit.*, p. 20.

lluny com del cel a la terra de l'artificiositat i el preciosisme de nombrosos fragments del *Tirant,* un text només unes dècades posterior.

Finalment, no ens podem oblidar de la capacitat del nostre anònim per tal d'ambientar el relat en unes terres exòtiques, en tant que llunyanes, tot i que ho fa amb pocs elements. Unes terres que, malgrat tot, es presenten amb una personalitat molt més definida que quan aquells mateixos països apareixen en altres obres coetànies o, fins i tot, més tardanes.[31]

La *Història de Jacob Xalabín,* amb la seua forma i el seu estil un tant ingenus, si es vol, no s'està, però, de captivar els lectors, encara en aquest segle nostre. O almenys, així ens ho sembla.

31. El fet que la present edició publique un text «adaptat», ens estalvia fer una anàlisi més detallada dels aspectes lingüístics, per als quals remeten el lector a les introduccions de Pacheco i Badia, fonamentalment, i a l'article de Ribera Llopis.

L'ESCENARI DE LA
HISTÒRIA DE JACOB XALABÍN
Mapa: Jordi Xavier Escartí

HISTÒRIA DE JACOB XALABÍN

Ací comença la Història de Jacob Xalabín, *fill de Murat, senyor de Turquia, on es relaten les aventures que li succeïren en la seua vida i com i de quina manera acabà els seus dies a mans de Beseit Bei, el seu germà bastard, qui també matà el seu pare, com ara sentireu.*

I

Heu de saber que, l'any 1387, les terres d'Orient, on va ser edificada la gran Troia, que ara anomenen Turquia, eren regides pel sultà turc. Aquest sultà, anomenat Elbai Murat, vivia pròsperament a Bursa, una gran ciutat de les terres que posseïa.

Tenia dos fills mascles, l'un, legítim, i l'altre bastard. Al bastard, a qui deien Beseit Bei,[1] el feia estar sempre a la frontera del Gran Caramany.[2] A l'altre fill seu, el legítim, anomenat Jacob Xalabín,[3] a qui s'estimava molt (i així ho havia de fer ja que era el primogènit), el tenia amb ell a la ciutat de Bursa vivint com pertoca a un gran senyor, delitant-se anant a caçar, que era el que més li agradava, tal com un senyor ha de fer.

---

1. *«Bei»* (que correspon a la pronunciació del mot turc *'beg')* tot i tenir diverses significacions, correspon ací a un títol cortesà donat als prínceps i nobles, en oposició a la generalitat del poble.

2. El Gran Caramany era el cabdill dels turcs seljúcides; un antecessor de l'aleshores regnant havia ocupat la regió de Kònia i arraconat els turcs otomans en una petita zona d'Anatòlia. L'emirat del Caraman o de Caramània abraçava des de l'Eufrates fins al golf d'Adàlia i per molt de temps fou el més poderós de l'Àsia Menor. Prengué el nom dels seus sobirans, els Karamanoglu. Bajazet s'esforçà a anihilar el seu poder, però l'imperi del Gran Caramany fou restablit per Timur o Tamerlà, vencedor de Bajazet, i continuà existint fins al regnat de Mehemed II. *(Jacob Xalabín,* edició d'Arseni Pacheco, p. 51, nota 9).

3. El títol de *«Xalabín»* va ser utilitzat a Turquia des del segle XI al XVII per a designar les altes dignitats.

L'esmentat sultà tenia una muller, madrastra d'aquest Jacob Xalabín, la qual era una dona molt jove i de llinatge grec. S'anomenava Issa[4] Xalabina i, com correspon a una dama de gran estament, contínuament assistia a grans balls i festes. Dia rere dia cridava i feia anar a la seua presència el seu fillastre Jacob Xalabín, que era un home molt trempat i simpàtic, de vint-i-dos anys d'edat i posseïdor de les millors qualitats. La dita Issa Xalabina es va apassionar tant amb el seu fillastre que, en estar un quart d'hora sense ell, de seguida el feia anar.

Un dia, mentre ella i Jacob Xalabín es trobaven a la seua cambra, i veient que no hi havia ningú, consumida per la passió, ja no ho va poder suportar més. I encara que s'hi jugara la vida, desesperada i renegant del seu marit i senyor, es posà dempeus i, amb els braços estesos, començà a abraçar i a besar molt fortament el seu fillastre, tot dient-li:

—¡Oh amic, sóc morta si no satisfàs la meua voluntat!

I mentre ella l'estrenyia i el besava desordenadament sense deixar-lo anar i sense recordar-se de l'amor del seu marit, el qual l'estimava fora de tota mesura, Jacob Xalabín no sabia què dir ni què fer; i per això amb bona cara i dolces paraules li va respondre:

—Dolça mare meua, sóc el vostre esclau i servent i estic sempre a punt i disposat a servir-vos i a complir la vostra voluntat en tot allò que desitgeu i que siga del vostre gust.

---

4. El nom d'*Issa* té ací el significat d'Isabel.

Llavors ella, en veure la gentil resposta del seu fillastre, es va deixar anar i tota la seua persona i els seus moviments quedaren en poder dels impulsos desordenats que buscaven satisfer el seu desig.

Jacob Xalabín, en adonar-se de les intencions de la seua madrastra, i com que era persona discreta i de trellat, es desféu d'ella, isqué de la seua cambra i va cridar el seu estimat company Alí Baixà.

Alí Baixà tenia vint-i-quatre anys i era molt simpàtic i intel·ligent. Era fill d'un home respectable anomenat també com ell, Alí Baixà, el qual era governador i conseller major del sultà. Jacob Xalabín i el jove Alí Baixà s'estimaven tant que no se separaven ni per a menjar ni per a dormir, sinó que per contra, sempre estaven junts a casa del respectable Alí Baixà, pare de l'esmentat jove.

Jacob Xalabín va cridar, doncs, el seu amic Alí Baixà i li va dir que el seguira. Ambdós isqueren del palau i es dirigiren cap a casa del pare d'Alí Baixà on tenien costum de menjar i dormir moltes vegades. En arribar-hi, agafaren els falcons i els gossos i se n'anaren a caçar com feien molt sovint. S'hi van estar fins a poqueta nit. L'endemà, s'alçaren de bon matí i se n'anaren també a caçar. Tot açò ho feia Jacob Xalabín per allunyar-se de la seua madrastra a qui veia molt boja i desvergonyida. Volia guardar l'honor del seu pare, com correspon a un fill, i per això s'allunyava tant com podia per tal de no trobar-se-la al davant.

Issa Xalabina, en veure que el seu fillastre no acudia al palau com sempre solia, li va trametre un missatge perquè hi anara. Però el missatger no trobava mai a casa Jacob Xalabín, ja que a penes s'alçava se n'anava a caçar i tornava quan ja era ben fosc. Quan la madrastra se'n va adonar, de seguida va pensar que li fugia i es digué per a ella mateixa:

—¡Ai, aquest traïdor deslleial que jo tant estimava! ¿I així fuig de mi?

Però ho intentà dissimular perquè faltava poc per a esclatar-li el cor. I pensant que no podia donar cap remei al seu desig, va perdre les ganes de menjar i de dormir fins al punt que va caure malalta de desplaer i d'ira.

El seu marit, el sultà, veient que la dona que ell tan estimava patia tan gran malaltia, va sentir el dol més gran del món i li digué:

—¡Ai, bella dona, muller meua! ¿Què teniu? ¿Què us passa?

La dona li va respondre que se sentia morir. El sultà, com que no sabia quina era la malaltia que tenia la seua muller, va fer anar-hi metges de tot arreu com més aviat possible, i els digué:

—Mestres, examineu bé la meua dona, vegeu quin mal té i saneu-la. Si la guariu podreu demanar tot l'or i l'argent que vulgueu, perquè jo us en donaré tant com voldreu.

¡I ja ho crec que ho podia fer!

Els metges van examinar la dona i la seua orina, però no li van trobar cap malaltia, sinó que per contra, es quedaren molt meravellats i digueren:

—Certament, senyor, nosaltres no trobem ni coneixem quin mal pateix aquesta dona.

El sultà, en sentir dir aquelles paraules als metges, va estar a punt de perdre la raó i digué:

—Oh, mestres, ¿com és possible que vosaltres que sou tan savis i tan importants, no pugueu conéixer el mal d'aquesta dona?

Tots els metges li respongueren que ells veritablement no li trobaven cap malaltia.

Llavors el sultà, molt preocupat per la seua muller, va enviar missatges a l'emperador de Constantinoble i al batle dels venecians[5] pregant-los que, quan hagueren rebut els missatges, feren una crida per tota la seua terra anunciant que tots el que foren metges havien d'anar a la ciutat de Bursa sota promesa del sultà d'oferir-los grans dons i grans tresors si aconseguien guarir la seua muller.

En fer-se la crida, molts i importants metges anaren a la ciutat de Bursa. Van trobar la dona molt malalta i que jeia al llit. L'examinaren, la palparen i van observar la seua orina, però cap dels metges no va descobrir ni va saber quin era el seu mal.

En sentir la resposta dels metges i veure l'estat en què es trobava la seua muller, el sultà va sentir una gran angoixa i opressió al cor. Llavors els metges afegiren:

—Senyor, no hi ha cap remei al món que li puguem donar.

I la dona, com qui no desitja més que la mort

---

5. En aquella època l'emperador de Bizanci era pràcticament vassall de Murat i el batle o governador dels venecians estava lligat al sobirà turc per tractats i interessos comercials.

perquè no pot acomplir el seu desig, ni menjava ni bevia i cada dia estava més a prop de la mort.

Però entre tots els metges hi havia un jueu, nascut a Constantinoble, que duia el nom grec de Quir Mossé.[6] Aquest Quir Mossé era un home molt subtil, agut i espavilat. Com és ben sabut, els jueus[7] són falsos, traïdors i enganyosos, i aquest metge era també un gran farsant. Per això, quan va veure Issa Xalabina i en examinar la seua orina una, dues i tres vegades, no va poder esbrinar el mal que patia aquella dona, va pensar i es digué a ell mateix que no hi ha ningú al món que conega millor el seu mal que un mateix. Va pensar que podria descobrir el seu secret parlant amb ella i per això va començar a interrogar-la tot dient:

—Senyora, jo sé quin mal teniu i us en guariré si m'ho sabeu agrair.

Llavors aquella folla dona, com qui té el cor commogut, a penes va sentir les paraules que el metge jueu acabava de pronunciar i sense poder-se dominar, es va alçar i, asseguda al llit on jeia, va mirar el metge i li va dir:

—Oh, metge, et donaria tot el que volgueres si fores capaç d'ajudar-me en les meues grans penes.

---

6. *«Quir»* és l'equivalent grec de 'senyor'. Ací és pres, naturalment, en sentit irònic ateses les característiques i l'actuació del personatge, i demostra el menyspreu dels turcs otomans (que recordem-ho, són els protagonistes d'aquesta obra) cap als jueus.

7. La xenofòbia contra els jueus no tan sols era habitual entre els cristians (que els culpaven de la mort de Jesús), sinó que també existia entre els islàmics (i en aquesta època els turcs otomans professen aquesta religió), com fàcilment podem comprovar en l'Alcorà.

El jueu, en veure-la i en adonar-se de la seua reacció, va exclamar:

—Senyora, tingueu coratge i no dubteu que jo us guariré i us ajudaré en les vostres necessitats.

La dona, quan va sentir les paraules dites pel metge jueu, i pensant-se que ell ja ho sabia, llançà un gran sospir i tot seguit digué:

—Mestre, heu de saber que, si no puc satisfer el desig que té el meu cor pel meu fillastre Jacob Xalabín, sense cap dubte, seré morta.

El jueu, en sentir el que havia dit la dona, de seguida contestà:

—Senyora, alegreu-vos perquè jo seré qui us ajudarà a satisfer el vostre desig.

La voluntat d'aquella boja dona es va tranquil·litzar en sentir parlar el metge i va recuperar una esperança tan gran en ella mateixa que, de seguida, i com a agraïment pel que acabava de fer, va manar que recompensaren abundantment el jueu amb or i argent.

De manera que, en la cort, Quir Mossé feia i desfeia al seu gust, sense tenir en compte en absolut els altres metges. El sultà, veient que la seua dona havia millorat un poc en relació amb el seu estat anterior, despatxà tots els altres metges. Va preguntar llavors al jueu com anava el tractament, a la qual cosa aquest va respondre:

—Senyor, confieu en mi que, amb l'ajuda de Déu, jo li tornaré la salut.

El sultà s'alegrà molt en sentir les paraules del jueu perquè estimava molt la seua dona, de manera que, de seguida, va manar al seu tresorer i a tots els seus homes i oficials que tot allò que volguera Quir Mossé, li fóra donat de seguida. ¡Hauríeu d'haver vist llavors aquell jueu convertit en un gran senyor, ja que aconseguia tot el que demanava!

¿I què va fer aquest traïdor? Com a bon farsant que era, va pensar que si es feia amic de Jacob Xalabín, podria aconseguir allò que la madrastra desitjava. Així, a poc a poc, perseguia el seu objectiu respecte a Jacob Xalabín: un dia li regalava un bell cavall, l'altre una joia, adés una cosa, adés una altra..., fins que ambdós es van fer tan amics que sempre estaven junts. Un dia en què el jueu va veure que ja tenien prou familiaritat i confiança, li digué:

—Senyor, vull demanar-vos un favor.

—¿Quin, mestre? —contestà Jacob Xalabín.

—Jo, senyor —digué Quir Mossé— bé, us ho diré. Si un home pot salvar la vida a una altra persona fent ben poc però per contra no ho fa, sinó que s'estima més deixar-la morir per no voler-la ajudar, aquest home ¿peca o no?

El fill del sultà li va respondre:

—¿Si peca, preguntes? No sols peca, sinó que mereix la mort si, podent salvar algú sense fer cap mal a ningú ni a ell mateix, no ho fa.

—Per la meua fe, senyor —va afirmar el jueu—, heu dit una gran veritat. I heu de saber que sou vós qui deixeu consumir-se i morir la més noble i la més excel·lent criatura del món.

—¿Com, jo? —respongué el fill del sultà—. ¿Que algú mor per culpa meua?

—¡Així és, senyor! —va dir el jueu—. La senyora

Issa Xalabina es mor i no hi ha res al món que la puga salvar sinó únicament vós, senyor. Per tant, cometeu un gran pecat si no l'ajudeu, perquè no hi ha ningú més al món que ho sàpia, només ella i vós.

En sentir Jacob Xalabín aquestes paraules, es va recordar de la seua madrastra i, tot enfurismat, va contestar:

—¿Com t'atreveixes? ¡Gos, fill de gos, vés-te'n ben lluny de mi! ¡No et vull veure mai més! I sàpies que si et torne a pillar per davant, faré que et mengen els gossos. ¿I com tu, gos, fill de gos, ets tan insolent per dir-me això de la meua madrastra? ¿Quin pare hi hauria al món que confiara en el seu fill? ¿I quin fill hi hauria al món que fóra tan deslleial i tan malvat que fera una cosa semblant o que tan sols se la imaginara? ¿En qui es podrà confiar, i sobretot els pares, si no poden confiar en els fills? ¡Oh traïdor malvat, ple de tota malícia! ¡Vés-te'n, no vull veure't mai més!

El jueu, després de sentir el que Jacob Xalabín li acabava de dir, marxà tot confús cap a palau, on reposava Issa Xalabina, i va entrar directament a la cambra ja que per ser qui era ho tenia permés. Ella, en veure'l venir, s'alegrà molt perquè pensava que podria satisfer el seu boig desig i, posant-se dreta sobre el llit, li digué:

—Mestre, ¿podré assolir el meu desig?

El jueu, ple de mal humor, li respongué de mala gana:

—Senyora, no hi ha al món cap remei per a vós, ni podreu gaudir amb Jacob Xalabín.

—¿Com és això, mestre? —va dir ella—. ¿Quin

serà el consol i l'esperança que m'havíeu de donar i que jo esperava de vós, si les coses són com dieu i no hi ha cap altre remei al món?

Aquella desgraciada dona, a qui dominava la seua perversa voluntat, en comprovar que el seu mal no tenia remei, va estar a punt de perdre la raó. Va deixar reposar el cap sobre aquells agradables coixins que tenia al llit, tal com corresponia a una senyora del seu llinatge, i va començar a dir:

—Des d'ara ja està decidit el que serà de mi, i no hi ha res al món que em puga salvar de la mort. ¡Ai, mestre! ¿Per què no em vas dir aquestes paraules el primer dia que et vaig conéixer?[8] Perquè si ho hagueres fet, ara no sentiria aquest gran dolor. Oh mort, ¿per què no vingueres a mi el primer dia? Oh mort, et suplique que no em faces sofrir més; vine prompte, perquè cada dia que passa em sembla tot un any.

Mentre la molt noble senyora així es planyia, va entrar a la cambra el sultà, marit i senyor seu, molt angoixat per la seua muller a qui tant estimava. Quan la va veure gitada i tan malament, va faltar poc perquè perdera la raó. Llavors es dirigí a Quir Mossé dient-li:

—¿On és la vostra ciència? ¿On és la vostra medecina? ¿Per què no es pot guarir aquesta dona meua?

---

8. D'ara endavant hi ha una alternança en l'original, que nosaltres mantenim, quant al tractament donat al metge jueu per part d'Issa Xalabina i del sultà. De vegades s'adrecen a ell amb el tractament de «*vós*» (com han fet fins ara tot al llarg de l'obra), però d'altres el canvien pel de «*tu*».

Açò ho deia el sultà pel gran amor que li tenia sense que ni tan sols se li passara pel pensament la desbordada passió que ella guardava, sinó que com l'estimava de tot cor, com ha de ser l'amor entre marit i muller, sentia gran compassió pel seu mal.

¡Oh!, quan el malvat jueu va veure el sultà desfet i patint per la seua muller veient que se li acostava la mort, mireu quin cruel i malèvol pensament va tenir:

«He caigut en desgràcia de Jacob Xalabín, li tinc por i no m'atrevisc a romandre ací. No obstant això, ací sóc un gran senyor i tinc tot el que vull. Convé, per tant, que pense la manera de quedar-m'hi i de continuar vivint en l'abundància. Hauré d'aconseguir també, retornar la salut a la dama.»

Llavors va pensar que aconsellaria a la dona que fera matar Jacob Xalabín, de manera que quan el fill del sultà fóra mort, ell ja no hauria de témer ningú. A més a més, en assabentar-se Issa Xalabina que el seu fillastre era mort, l'amor li deixaria lliure el cor. Tan bon punt va concebre aquesta mala idea es va apropar a la dona i li va dir:

—Senyora, la qüestió és la següent: vós sou morta, però si volguéreu us podríeu salvar.

—¿Com pots dir-me tu això, si no hi ha res al món que em puga deslliurar de la mort? —replicà la dama.

—Si volguéreu sí que ho podríeu aconseguir i jo podria dir-vos com. Només la mort us pot traure l'amor del cor. Cal que sapieu que, si Jacob Xalabín morira, esteu ben segura que recobraríeu la salut. Decidiu, per tant, si val més que muira ell o que moriu vós, tan notable dama de qui depén tota aquesta província i a qui el senyor sultà estima més que a ell mateix. Senyora, animeu-vos i reflexioneu sobre el que us he dit.

Quan la dona va sentir aquelles paraules fermament pronunciades per Quir Mossé i, com que ella tenia el cor molt dèbil, va creure de totes totes allò que el jueu li havia dit. Va contestar dient que seria bo que morira el seu fillastre. Per aquest motiu va afegir:

—¿Com ho podrem fer?

A la qual cosa el jueu va respondre:

—Senyora, deixeu-me fer a mi.

I tot seguit el jueu s'adreçà al sultà, qui no es trobava molt lluny d'aquella cambra i, fent una cara molt trista, li digué:

—Senyor, vinc a acomiadar-me de vós perquè me'n vull anar.

Quan el sultà va sentir les paraules del jueu en qui ell tant confiava per guarir la seua dona, de seguida li digué:

—¿Com és això, mestre? ¿És aquesta l'esperança de vida que em doneu de la meua muller?

—Senyor —contestà el jueu—, no hi ha res al món que puga alliberar-la de la mort.

—¡Oh mestre! —exclamà el sultà—, ¿tan greu és aquest mal? Ara m'adone que el Nostre Senyor em vol castigar, perquè certament em queden pocs dies si mor aquella que jo tant estime. ¡Oh mestre!, et pregue que em digues quin dissortat mal és aquest que no puga tenir cap remei.

—Senyor —va respondre el jueu—, la malaltia que pateix la vostra dona és estranyíssima i naix de dins del cor. S'anomena «xamxa»,[9] i vós, senyor, li l'heu originada.

—¿Com, jo? —va dir el sultà—. Això no és possible.

—Senyor —continuà el jueu—, dic la veritat; talleu-me la llengua si dic cap mentida. La vostra dona, en unir-se a vós, i vós a ella, ha concebut i ha engendrat dins el seu cor, per excés d'amor, la malaltia que ara pateix.

Quan el sultà ho va sentir, va estar a punt de perdre la raó de tant que s'estimava la seua dona i llavors va preguntar:

—¿Això vol dir, mestre, que no hi ha cap remei per a aquest mal?

—No, senyor —va contestar el jueu—, només hi ha una solució.

Llavors el sultà va demandar amb impaciència:

—¡Et suplique que em digues quina és!

—Senyor —digué el jueu—, bé que us la diria, però tinc por de la vostra reacció.

—I, ¿per què, mestre? Podeu parlar lliurement.

—Senyor —va continuar dient el jueu— us demane clemència pel que us diré tot seguit. Certament, senyor, no hi ha res al món que puga tornar la salut a la vostra dona, sinó una cosa: el vostre fetge

9. Sembla que aquest mot és una invenció de l'autor, encara que també podríem relacionar-lo amb «xanxa» (de l'italià 'ciancia'), burla, broma, cosa dita per riure o per burlar-se.

o el del vostre fill, tant se val, perquè el vostre i el seu és tot el mateix. Encara que ja fa temps que sospitava quin era aquest mal, he intentat guarir-lo amb algunes medecines i per això no ho havia volgut dir. Però, com que no ho he aconseguit, ara us dic la veritat i vinc a acomiadar-me de vós. I, si falte a la veritat, talleu-me el cap. Per això, senyor, demane la vostra clemència.

El sultà, després de sentir parlar el jueu, se n'entrà dins la cambra i hi començà a plànyer-se pensant en les paraules que el traïdor del jueu li havia dit. Recordant la seua muller i pensant en el seu fill primogènit tan ple de bones qualitats, i en tant que els estimava, després de rumiar-s'ho molt, va arribar a la conclusió que no hi ha res de més valuós al món que l'amor de dos que s'estimen. I així com a l'evangeli de sant Mateu diu que «pare, mare i fill deixaràs per la teua companya», també el sultà va decidir fer assassinar el seu fill per salvar la seua muller i que així ella recuperara la salut. Cridà, doncs, un missatger i li va dir:

—Que vinga ara mateix Alí Baixà, el nostre governador.

El missatger anà a comunicar-ho immediatament a Alí Baixà.

En arribar el governador, i sense que hi haguera ningú més a la cambra, el sultà li va ordenar:

—Et pregue que faces de seguida allò que et manaré.

Quan Alí Baixà va sentir que el sultà se li adreçava en to de súplica, s'agenollà i respongué:

—Oh senyor, ¿per què em pregueu? ¿Que no

sabeu que sempre us obeïsc en tot allò que em maneu? Per tant senyor, ¿per què em supliqueu? Maneu-me tot el que us vinga de gust perquè sóc esclau i servent vostre.

Però no sabia, ni tan sols sospitava, quin era el manament que li anava a fer, segons veureu.

II. Com el sultà va manar a Alí Baixà que matara el seu fill Jacob Xalabín

El sultà, que en aquell moment havia perdut l'enteniment, fingint davant d'Alí Baixà, li digué:

—Vés-te'n i mata de seguida el meu fill Jacob Xalabín. Quan ho hages fet, obri'l i porta'm el seu fetge. Afanya't i no em discutisques, per favor. I fes-ho immediatament.

Per això ara podem dir: home sense trellat i sense cap discreció, ¿amb quines entranyes podia pensar coses semblants, i amb quins llavis podia pronunciar aquestes paraules? ¿En qui podran confiar els fills si no ho poden fer en el seu pare? ¡Que aquest pare que tenia un fill primogènit tan ple de qualitats, deixara que morira! ¡Oh, era tan despietat que només per salvar una dona ordenara la grandíssima crueltat de fer matar el seu fill! Però com que Amor el col·locava en una situació anguniosa i el forçava, va haver de manar allò al seu governador.

Alí Baixà, en sentir aquella ordre tan cruel, va estar a punt de desmaiar-se davant el seu senyor. Però, en veure que el sultà hi insistia, se n'anà i va eixir de la cambra pensant-se que el seu senyor havia perdut la raó. Muntà el seu cavall i se'n va anar a sa casa. En arribar-hi es tancà a la seua cambra i va plorar molt tendrament durant tot aquell dia, sense voler menjar

ni beure, recordant les paraules del sultà i dient-se a ell mateix:

«De ben segur que el meu senyor s'ha tornat boig quan em mana que assassine un donzell tan dolç, tan estimat per tots, tan ple de bondats i tan gentil. ¿Per què ho fa?»

Llavors gitava el seu cap en terra i una gran abundància de llàgrimes li eixien dels ulls pel turment de recordar aquella ordre. I així passà tot aquell dia i tota aquella nit. D'altra banda, es planyia també pel seu fill, el qual era un gran amic i company de l'esmentat Jacob Xalabín.

A l'endemà, a penes es féu de dia i desitjós que s'acomplira la seua voluntat, va enviar un missatge a Alí Baixà perquè immediatament acudira a la seua presència. El missatger va anar on era Alí Baixà, el qual es trobava molt plorós, i li digué:

—El meu senyor m'envia per dir-vos que us presenteu davant d'ell sense cap retard.

Llavors Alí Baixà, que no volia fer esperar el seu senyor i pensant-se que les paraules del dia anterior no serien les definitives, es dirigí a palau a tot córrer.

El sultà, quan el va veure, li digué:

—Alí, ¿has fet ja tot el que et vaig manar?

De sobte, el governador es quedà més blanc que una paret i li contestà:

—No, senyor.

El sultà li va repetir:

—¡Fes-ho sense tardança, per favor, i no goses ni obrir-me la boca!

Alí Baixà, veient que li ho tornava a manar tan

durament, se'n tornà a sa casa plorant molt amargament. I, després de lluitar molt amb la seua consciència, va pensar que, de tota manera, li valia més complir l'ordre del seu senyor que caure en el seu desgrat. Per tant, va començar a pensar de quina manera el mataria.

III. Com Alí Baixà va pensar de quina manera mataria Jacob Xalabín

Heu de saber que Jacob Xalabín era un jove tan agradable i tan ple de bondats i de perfeccions, que era una gran meravella. Tenia aproximadament vint-i-sis anys i el seu viure transcorria caçant, cavalcant, dansant, saltant i fent totes aquelles coses que corresponen al fill d'un gran senyor. I, com que és natural que un home tinga amistat amb un altre, especialment si és un jove, per això Jacob Xalabín era amic d'Alí Baixà, fill del governador. Aquest Alí Baixà era un jove d'uns vint-i-cinc anys, no molt alt, però sí molt savi i sensat en tots els seus fets. Tots dos s'estimaven de tot cor i allò no era d'estranyar perquè s'havien criat junts des de la infantesa, fins al punt que l'un no menjava sense l'altre.

Aquell dia, en acabar de dinar, saltaren, s'entrenaren i es divertiren. Després se n'entraren en la seua cambra com solien fer cada dia a l'hora de la sesta i, llevant-se la roba excepte la camisa, es gitaren en aquell delitable llit.

Mentrestant, el pare d'Alí Baixà esperava i meditava de quina manera podria matar el fill del sultà. Sabia que cada dia a l'hora de la sesta ambdós solien dormir al mateix llit. Llavors, quan va creure que ja estarien dormint, va agafar un ganivetàs ben esmolat, ben afinat i de tall molt prim i, amb els braços ben arromangats i el ganivet a la mà, se n'entrà dins la cambra sense fer gens de soroll.

Jacob Xalabín dormia però el seu fill Alí Baixà estava llavors boca per amunt i despert. Quan Alí Baixà va veure entrar el seu pare, pàl·lid, arromangat i amb el ganivet a la mà, botà del llit de seguida i li digué:

—¿Però què vols fer?

El seu pare va contestar:

—No digues res, fill. Sàpies que el meu senyor m'ha manat que degolle Jacob Xalabín i que immediatament li porte el seu fetge.

¡Oh, com fou d'amarga, de cruel i d'abominable aquella ordre que tan fidel i estimat company va sentir al seu pare i senyor!, per la qual cosa li va dir:

—Estimat pare, ¡no feu el que preteníeu, per res del món!

—¿I com? —respongué el pare—. ¿Com compliré el manament del meu senyor?

—Jo us ho diré —va afirmar el fill—. ¿El senyor us mana que li dugueu el fetge?

—Sí —contestà el pare.

—Doncs aneu al verger, agafeu una cérvola, mateu-la, traieu-li el fetge i digueu que és el de Jacob Xalabín, que no hi haurà ningú que note la diferència. Jo el despertaré, agafarem els cavalls i ens n'anirem pel món, lluny d'ací, on no ens conega ningú, fins que Déu vulga.

Al pare li va semblar una bona solució el consell que li donava el seu fill. Davallà al seu verger, va agafar una grossa cérvola, li va traure el fetge i, bo i calent el va portar al palau, al sultà que l'estava esperant.

Quan va arribar a palau i en fer la reverència al sultà, li digué:

—Senyor, heus ací el fetge de Jacob Xalabín, el vostre fill.

El sultà, en veure el fetge, l'agafà amb les seues pròpies mans i se l'endugué a la cambra on jeia la seua muller, acompanyada contínuament pel metge jueu. En arribar-hi, digué:

—Mestre, ací teniu el fetge que em vau demanar.

Quan el jueu va veure el fetge, respongué:

—Senyor, ¿aquest és el fetge de Jacob Xalabín?

—Sí —va contestar el sultà.

—Supose que esteu ben segur que aquest és el del vostre fill, si no, correríem un gran perill.

El sultà li va respondre:

—¡Per Déu, mestre! ¿Que no em creieu?

Llavors aquell malvat jueu, fent veure que amb el fetge preparava una medecina per donar-la a la dona del sultà, se n'entrà a la cambra i va fer eixir tothom. Després s'acostà a la dona, que jeia al llit, i li digué:

—Senyora, alegreu-vos perquè ací teniu el fetge de Jacob Xalabín a qui ha fet matar el vostre senyor marit.

Aleshores ella, sense gens de discreció, creient-se allò que el jueu acabava de dir i veient el fetge, va pensar que no podria satisfer aquell desig que tenia dins del seu cor, ja que la mort desuneix i trenca els amors. Per tant, des d'aquell mateix moment,

calia abandonar tota esperança i per això va dir al jueu:

—Allò fet, ben fet està.

I, de seguida, començà a trobar-se millor.

El jueu, que ja s'ho tenia tot ben rumiat, va manar que li feren diversos menjars, segons el seu millor criteri, per tal que a ella li tornara la gana i que es poguera guarir.

No va tardar ni gens ni mica a tenir milloria, cosa que va alegrar molt el sultà i que va fer que aquell jueu, anomenat Mossé, fóra considerat com un gran metge.

IV. Com Jacob Xalabín i Alí Baixà van fugir de la cort del sultà

Així com els homes que en aquest món són denunciats i perseguits injustament no han de desesperar de la gràcia de Déu i de la seua gran misericòrdia, ja que Ell i ningú més és prou per donar abundància de gràcies als seus, de la mateixa manera, no volent el Nostre Senyor que Jacob Xalabín morira, tot i que el malvat jueu ho havia intentat, posà al cor del jove Alí Baixà i del seu pare la idea de matar una cérvola. Després d'això, Alí Baixà va despertar el seu senyor i company tot dient-li:

—Senyor, muntem de seguida a cavall i anem-nos-en d'aquesta terra, perquè cal que sapieu que la vostra madrastra us busca per fer-vos matar i el meu pare ja fa més de dos dies que ha rebut l'ordre del sultà, pare vostre, de matar-vos.

Quan Jacob Xalabín va sentir dir aquestes paraules al seu company, li va contestar:

—Ja que és així, fugim de pressa.

¡Quina discreció i quina paciència que tenia aquell home que era el primogènit de tot el regne, tan agradable i tan estimat de tots! Per no voler divulgar que la seua madrastra havia buscat la seua mort per no accedir ell al seu luxuriós desig, havia decidit abandonar el regne i anar-se'n pel món com un pobre, arriscant-se a patir les penalitats en qualsevol lloc on l'aventura el conduïra. ¡Oh, home ple de caritat! Que el veritable Déu, que ho veu tot i coneix la teua conducta, et premie i et conduïsca a la salvació.

Així doncs, Jacob Xalabín i el seu company Alí Baixà partiren de la ciutat de Bursa[1] muntats en dos bons palafrens, només amb algunes de les joies i dels molts diners que tenien i disfressats perquè no els coneguera ningú.

Quan hagueren cavalcat un tros fora dels murs de la ciutat, van decidir prendre el camí de Palàcia[2] i després el de Satalia[3] per dirigir-se fins a Síria, en la terra del Soldà,[4] de manera que no els podria reconéixer mai ningú.

No havien cavalcat més de sis jornades que arribaren a les terres d'un senyor turc anomenat Serca i a un castell conegut amb el nom de Policàssio, on passaren la nit. L'endemà, després de cavalcar unes

---

1. *Bursa:* ciutat de Turquia, a la regió de Màrmara i costes de l'Egea. Situada al peu de l'Ulu Dag, és un mercat agrícola, un nucli industrial (indústria artesana de catifes), un centre turístic i un entroncament de carreteres. La ciutat conserva actualment interessants mesquites del període otomà, entre les quals sobresurt la famosa Mesquita Verda (1420). Identificada com la *«Prusa»* dels temps clàssics, als segles II i I a.C. va ser la capital de Bitínia. Al segle XIV va ser conquerida pels turcs otomans i esdevingué la capital d'un soldanat.

2. Nom d'una ciutat que en temps de Murat era la capital d'un emirat independent conegut amb aquest mateix nom.

3. És el nom de la moderna Adalia. Com Palàcia, unes vegades va ser independent i, d'altres, va estar lligada a l'emirat de Tekke.

4. Nom donat als sobirans turcs fins al 1924 i a d'altres prínceps islàmics. Durant l'època califal el títol va ser portat a l'Orient per diversos sobirans independents, el primer dels quals a adoptar-lo (1055) fou el seljúcida Togrïl Beg. A la caiguda del califat de Bagdad el posseïren també els sobirans mongols i els turcs otomans a partir de Baiazet I (1389).

quinze milles, s'endinsaren en un bosc molt espés. Llavors els hi isqueren uns lladres de mala vida que els van furtar fins a les camises. I ja van fer prou de salvar-se de la mort.

Quan Jacob Xalabín i el seu company es van veure desposseïts de les seues coses i quasi nus, ja us podeu imaginar quin gran dolor: que ells, homes delicats i que havien viscut en un ambient d'opulència, hagueren d'anar a peu, descalços i despullats. I els seus peus eren molt delicats perquè no els havien emprats mai per a caminar, sinó per a estar sobre estreps daurats; ara, però, havien d'anar sobre pedres tallants i agudes. ¡Oh, quina llàstima feia aquest gran senyor que s'havia volgut sotmetre a sofrir aquest greuge!

En veure's així, desbaratats, es consolaren i s'ho prengueren amb paciència i de la millor manera que aquella situació els ho permetia. Per tant, reprengueren el camí i començaren la marxa. En arribar a un poble demanaven almoina per l'amor de Déu i així podien anar menjant.

Després de molt de caminar, van arribar a una ciutat anomenada Palàcia. Allí, es dirigiren cap a la casa d'una dona respectable, bastant vella, a qui van pregar que els acollira per l'amor de Déu.[5] Quan la dona va veure aquells dos joves quasi nus i que semblaven captaires, els va dir que entraren a sa casa que amb molt de gust els acolliria. Quan entraren, la dona

5. Cal recordar que una de les lleis a què obliga l'Alcorà és l'hospitalitat.

encengué un bon foc perquè va pensar que, despullats com anaven, tindrien més fred que no calor. Quan el foc va estar encés, els dos amics van seure a la vora i la dona els va donar pa, raïm, llet i de tot el que tenia. Van menjar i van passar allí la nit. L'endemà, a penes va despuntar el dia, Alí Baixà va dir al seu amic Jacob Xalabín:

—Company —l'anomenava així en lloc de «senyor» perquè no s'adonara ningú de la seua identitat—, jo aniré captant per la ciutat per veure si trobe alguna cosa per poder menjar.

A la qual cosa respongué Jacob Xalabín:

—Espera, que vull anar amb tu.

—Ni t'ho penses —contestà Alí Baixà—. Et quedaràs ací.

—Ja ho crec que no. Me'n vaig amb tu.

¡Oh, quin home tan bo que no volia tenir privilegis, sinó que volia ser igual que el seu company en la misèria i anar demanant tots dos per l'amor de Déu! Però Alí Baixà no va voler que l'acompanyara Jacob Xalabín i se n'anà tot sol. I, gràcies a Déu que ho fa tot bé, no va tardar molt a arreplegar molts diners que li donaren per caritat. Després se'n va anar a la plaça i va comprar pa, llet i fruita. En acabar, va tornar a la casa i digué:

—¡Company, mira els diners que m'han donat per amor de Déu i mira tot el que he comprat!

I començaren a menjar. L'endemà i el despús-demà Alí Baixà va demanar almoina a la ciutat, fins que aconseguí tenir una bona quantitat de diners. Amb aquell capital es compraren un vestit de cotó per a cadascun, encara que estaven acostumats a dur-ne d'or i de seda; però en aquell moment van tenir goig de poder-se'n comprar, encara que foren de cotó. Ara que tenien els vestits, els dos companys podien ja caminar per la ciutat.

I, a l'igual de tots els que eren d'origen noble, també a ells se'ls notava en la manera de comportar-se, perquè tots dos anaven a esplaiar-se al palau del senyor, mirant com els seus cavallers feien tornejos i jocs. I com que tant Jacob Xalabín com Alí Baixà estaven acostumats a fer-ne, no van poder evitar participar-hi. I, especialment, Jacob era tan valent i estava tan ben dotat que no hi va haver cap cavaller que el poguera véncer, ni en cap torneig, ni en cap de les proves que s'hi feien. Jacob i Alí van fer tantes proeses, que tota la cort en restà meravellada, tant que va arribar a oïda del senyor d'aquell lloc.

—Senyor —li deien—, heu de saber que hi ha ací dos joves estrangers que fan les més extraordinàries meravelles del món en totes les cavalleries i, en especial, un d'ells.

El senyor de Palàcia, en sentir allò, els va voler veure. Els van dur a la seua presència i ell els va preguntar d'on eren i de quina terra venien. Jacob Xalabín, amb la saviesa i discreció que el caracteritzava, va respondre:

—Senyor, nosaltres som homes que anem pel món buscant la nostra ventura.

Quan aquell senyor va sentir aquelles paraules tan discretes i tan ben dites, va pensar: «No hi ha gentilesa al món que aquest no tinga». I de seguida els va fer grans honors i els va pregar que s'aturaren a la seua cort, que ell els donaria tot allò que necessitaren.

Però Jacob Xalabín va respondre:

—Senyor, nosaltres no ens podem aturar. Som homes vianants, per això no ens podem quedar.

El senyor de Palàcia esperava que d'un moment a l'altre arribara el seu futur gendre que s'havia de casar amb la seua filla. Havia pensat fer una gran festa per celebrar-ho i confiava en aquells dos cavallers per donar lluïment a l'acte i d'aquesta manera tenir ben contenta tota la seua cort. Per això els va dir:

—Estimats amics, us pregue i us demane com un favor especial que us quedeu ací amb mi fins que arribe el meu gendre a qui estic preparant una gran festa per celebrar el seu casament amb la meua filla. El fet de tenir-vos ací a la meua cort seria per a mi un gran honor i un gran plaer. Per això us pregue que us quedeu fins que arribe. Si ho féieu us donaria un regal amb el qual us tindríeu per ben pagats.

Jacob Xalabín va contestar:

—Per la meua fe, senyor, ja que a vós us plau i així ho voleu, el meu company i jo estem disposats a seguir la vostra ordre i a satisfer la vostra voluntat de romandre ací fins que a vós us plaga.

El senyor de Palàcia va tenir un gran goig i un gran plaer quan va sentir aquella resposta i, de seguida, els féu donar dos bells rossins i molts diners. Així, Jacob Xalabín i Alí Baixà s'arreglaren molt bé i van poder tornar a viure com estaven acostumats.

Cada dia s'entrenaven amb les armes i realitzaven

autèntiques proeses, de forma que feien parlar molt d'ells mateixos i de les seues gestes cavalleresques.

Tothom parlava d'aquests dos joves i, tan gran era la seua fama, que va arribar a oïda de la filla del senyor de Palàcia, anomenada Nerguis, que era una dona molt ben plantada i ben sabuda. Quan va veure Jacob Xalabín fer tan grans meravelles, s'enamorà d'ell amb tot el seu cor, tant, que tots els dies pensava en ell i no es trobava a gust si no el veia. Tant era el seu amor i tant havia perdut la xaveta per ell que no podia menjar, ni beure, ni dormir, si no el veia. Quan no el veia, no sentia ni goig ni alegria, sinó que passava tota la jornada ben desconsolada, tant que el seu cor no ho podia aguantar perquè aquell amor l'havia agafada desprevinguda.

Un dia digué a la seua cambrera de confiança que la servia des de feia molts anys:

—Escolta el que em passa perquè si no t'ho dic rebente: no hi ha res al món que més m'estime i que tinga en el meu cor que aquells dos cavallers que hi ha ací i, sobretot, el més alt. He de dir-te que faré tot el que podré per parlar amb ell i aconseguir la seua amistat i, després, el seu amor.

La cambrera, que l'havia criada des de petita, en sentir parlar així la seua senyora i per complaure el seu desig i la seua voluntat, li respongué:

—Certament, no sé qui és aquest jove cavaller ni com li diuen, però demostra ser tan virtuós i valent que no m'estranya que us hàgeu enamorat d'ell perquè no hi ha dona ni donzella al món que no el volguera estimar.

Quan Nerguis va sentir dir aquelles paraules a la seua cambrera, si abans tenia el cor perdut per Jacob Xalabín, llavors l'acabà de perdre del tot. Al cap de poc, Nerguis tornà a cridar-la i li digué:

—Vés-te'n secretament per la ciutat i investiga en quin lloc s'hostatgen i dormen.

Immediatament i amb gran goig se n'anà la cambrera a la ciutat per complir el manament de la seua senyora. I no va tardar molt a assabentar-se que, segons vosaltres ja heu sentit, el dos joves s'allotjaven a la casa d'una dona respectable. Llavors se'n tornà i digué a la seua senyora:

—Senyora, he fet el que em manàreu. M'he assabentat que s'allotgen a la casa d'una dona respectable.

Llavors Nerguis va sentir un gran plaer i, al cap de pocs dies, va agafar un bell mandil molt ben cosit, que ella havia fet amb les seues pròpies mans, i el donà a la cambrera tot dient-li:

—Vés-te'n on s'allotgen els dos cavallers, saluda Jacob Xalabín de la meua part i digues-li que l'estime lleialment amb tot el meu cor i que li suplique que accepte aquest mandil que he fet amb les meues pròpies mans, com a prova del meu amor. Digues-li també, que quan mire aquest regal no veja el que és, sinó a aquella que li'l tramet, que té el seu cor perdut per ell. I posa atenció per repetir-me després la seua contestació.

La cambrera va marxar de seguida per tal de complir l'ordre que la seua senyora li havia encomanat, i se n'anà on es trobava Jacob Xalabín, el fill del sultà.

El va trobar a la casa amb el seu company i, aleshores, li digué:

—Estimat amic, Déu et salve. La meua senyora Nerguis m'envia a tu i et saluda amb tot el seu cor. Et prega i et demana que li atorgues un favor especial: que acceptes aquest mandil que t'envia. I diu que no mires el regal, sinó el gran amor i la gran estima que ella sent per tu.

Quan Jacob Xalabín va veure aquella dona que venia de part de la filla del senyor de Palàcia, va sentir el que li deia i va veure el mandil que li regalava, va quedar ben sorprés. Però va pensar que hauria estat natural que, si Nerguis haguera sabut que era fill del sultà, s'haguera enamorat d'ell. No obstant això, com que ell era prudent i intel·ligent no ho va posar de manifest sinó que molt afablement va agafar la cambrera de la mà, la va abraçar i li va dir:

—¡Ai, missatge ple de tot delit i de tot goig complit! ¡Beneïda siga l'hora en què ací vas venir! ¡I com en són de plaents, d'humils i plenes d'alegria les teues paraules! ¡I com n'és de gran la humilitat i la noblesa de la teua senyora que, a mi que només sóc un escuder vingut des de llunyanes terres i, sense saber ni qui sóc, la teua senyora t'haja enviat amb tan agradós missatge i amb una de les seues joies i pregant-me que la porte! ¡Oh, gentil senyora, que a un pobre home com jo i sense saber ni qui sóc, t'humilies i li envies aquest regal! ¿Temies que no volguera acceptar semblant joia de tan gentil dona? ¡Però si sóc jo qui no es digne de descalçar-li la seua delicada sabata!

Quan Jacob va acabar de parlar, i havent oït la

resposta de la cambrera, li digué molt cortesament i amb gran humilitat:

—¡Germana meua, germana meua, sigues benvinguda! Accepte amb humil i devot cor el regal que em portes, com correspon a un cavaller, i et pregue que digues a la meua senyora Nerguis que no hi ha res en aquest món que més em desagrade, que el temps que passe sense veure-la. Tant és així, que em sembla que passen mil anys quan estic una hora allunyat del seu costat. Almenys ara tindré repòs quan miraré aquest bell mandil, el qual s'ha dignat enviar-me per la seua amabilitat i que jo accepte, no perquè en siga digne, sinó com un pobre servent i esclau seu.

La cambrera, sentint-lo parlar tan galantment, es moria de ganes de dur aquesta resposta a la seua senyora. Així doncs, s'acomiadà de Jacob Xalabín i se'n tornà a palau on va trobar la senyora que l'esperava tota neguitosa i que a penes va arribar li preguntà:

—¿Què t'ha dit?

—Oh, senyora —va respondre ella—, sapieu que no ha existit mai un home tan gentil. Si el goig i l'alegria es perderen, es trobarien en aquell benaventurat cavaller. ¡Beneït siga el ventre que el va portar i les mamelles que l'alletaren! Senyora, em costava molt separar-me d'ell sentint les paraules tan agradoses que deia. I heu de saber que són tan corteses i tan gentils les seues lloances, que no hi ha llengua al món capaç de repetir-les.

Després li va contar les paraules que per resposta li havia donat ell.

Quan Nerguis va sentir el relat que la cambrera

li féu, si abans ja s'abrasava per aquell Jacob, llavors es doblà el seu amor per ell. I va pensar que abans de morir volia satisfer el seu desig de tenir per a ella Jacob Xalabín. De nit i de dia només feia que pensar la manera com tindria l'ocasió d'aconseguir el seu desig.

I mentre es calfava el cap en tot açò, va arribar la notícia que el senyor de Satalia, qui havia de ser el seu marit, anava cap allí per endur-se-la a la seua terra.

V. Del matrimoni que el senyor de Palàcia havia acordat amb el senyor de Satalia i de com el van concertar

Heu de saber, perquè així ho aconsella la raó, que ara parlaré de com el senyor de Palàcia havia acordat el matrimoni de la seua filla Nerguis amb el senyor de Satalia. Després us tornaré a relatar allò que va succeir a la senyora Nerguis, a Jacob Xalabín, fill del sultà, i al seu company, quan serà de menester.[1]

Hocman Bei, senyor de Palàcia, tenia una filla molt gentil de disset anys, anomenada Nerguis, com ja heu sentit. Feia sis mesos que havia concertat matrimoni amb el senyor de Satalia, el qual no havia vingut, sinó que, a través de missatgers, havien signat els contractes i convenis. I com és costum en aquesta terra que els homes vagen on viuen les dones i, especialment quan es tracta de filles de grans senyors, el senyor de Satalia es disposà a anar a Palàcia, la terra del seu sogre, per casar-se i endur-se la seua muller al seu país. Per tant, es va preparar tan

1. En aquest punt, i en d'altres de la novel·la, el narrador posa en pràctica la tècnica del paral·lelisme pel que fa a la narració de les accions que ocorren en el relat. Aquesta tècnica, utilitzada ja en alguns relats de Chrétien de Troyes, en el Blandín de Cornualla o la Crònica de Muntaner (per citar alguns exemples significatius), en interrompre la narració d'una de les històries i introduir-ne una altra, contribueix a crear un cert suspens en la lectura i a variar el ritme narratiu.

bé com va poder, amb l'acompanyament de molta cavalleria.

El senyor de Satalia tenia una germana donzella de dinou anys d'edat a qui, abans del viatge, va dir:

—Estimada germana, me'n vaig a Palàcia per portar-me'n la meua muller. Per això deixe en les vostres mans tota la nostra terra i us pregue que la regiu i governeu correctament.

Després va dir a tots els barons, nobles i d'altres vassalls seus:

—Heus ací la meua germana que us deixe en lloc meu. Us pregue que tingueu cura d'ella i de la terra i, si Déu vol, en poc de temps estaré de nou ací amb la meua muller.

Després de dir açò, i deixades totes les seues coses en ordre, s'acomiadà de la seua germana i de tot el poble i es va dirigir cap a Palàcia.

Quan Hocman Bei, senyor de Palàcia, s'assabentà que es dirigia cap allí el seu gendre, el senyor de Satalia, es va preparar i va disposar tot el seu palau per acollir-lo amb una solemne festa, segons corresponia a un gran senyor.

A la fi, Nerguis va saber que el seu marit venia per endur-se-la a la seua terra. Si fóra per ella, no voldria que vinguera mai perquè no l'estimava, sinó tot el contrari, tot el seu desig i tot el seu cor s'inclinaven cap al seu gentil Jacob Xalabín, com heu sentit.

Al cap d'unes quantes jornades el senyor de Satalia va arribar prop de la ciutat. Quan el senyor de Palàcia es va assabentar que el seu gendre es trobava a prop de la ciutat, va eixir a rebre'l amb gran goig, i amb gran goig i gran festa entraren a la ciutat i anaren al palau. En arribar-hi, reposaren i ho van celebrar amb una gran festa i molta satisfacció.

Tots els dies Jacob Xalabín i Alí Baixà, ¡no us podeu imaginar les grans proeses que feien! I en feren tantes, que no hi va haver cap cavaller dels que hi havien arribat de tot arreu, que gosaren competir amb les proeses que ells feien, perquè eren una gran meravella. El goig i el plaer que sentia la senyora Nerguis, ¡ja us el podeu imaginar!

Les festes van durar quinze dies, durant els quals, el senyor de Satalia va guardar el costum que existeix en alguns llocs, especialment a Turquia, que dicta que quan es casen els grans senyors no s'han d'acostar a la seua muller fins que se l'hagen enduta a la seua terra, on fan una gran festa amb les seues gents. Per això el senyor de Satalia, després d'haver estat quinze dies en la ciutat de Palàcia amb el seu sogre, ple de distraccions i de diversions, va dir que volia anar-se'n el més prompte possible.

Nerguis, que sempre estava imaginant i pensant com s'ho podria fer per trobar-se amb Jacob Xalabín, va cavil·lar que a la torre on jeia el cos de sa mare morta, podria donar satisfacció al seu desig. Va agafar tres muls carregats amb cobertors, matalassos, pa, carn, ordi, palla i totes les provisions que són necessàries per a homes i per a cavalls. Tot seguit va dir a la seua cambrera que agafara aquells tres muls, que se n'anara a la torre on jeia el cos de sa mare en companyia del seu benvolgut senyor que ella tant

CARLES PRUNÉS

estimava, que els posara allí dins i, en acabant, que els tancara allí dalt i que rodara la clau.

La cambrera, sense perdre temps, es va disposar a complir el manament que li havia fet la seua senyora. A mitjanit, amb els tres muls carregats de roba i queviures, se'n va anar a casa de la dona on s'hostatjava Jacob Xalabín, i li digué:

—Estimat amic, la meua senyora m'envia a vós i diu que em seguiu.

Quan Jacob Xalabín va sentir allò, i com aquell qui no desitja més que complir la voluntat de la seua senyora, sense cap retard ni tardança, sinó ben aviat, ell i el seu company muntaren els seus bons i bells palafrens i, juntament amb la cambrera, van eixir de la ciutat. I tots tres, amb els muls, començaren a cavalcar cap on la cambrera els duia, és a dir, cap a la torre funerària.

En arribar-hi, la cambrera va traure la clau que tenia, va obrir i va començar a descarregar la roba i a posar-la dins la torre mentre els deia:

—Ací teniu prou de menjar per a vosaltres i per als vostres cavalls. Quedeu-vos ací de bon grat i no us enutgeu perquè abans que us adoneu la meua senyora serà ací amb vosaltres.

Es va acomiadar d'ells i, amb els tres muls, se'n tornà a la ciutat secretament i es va presentar davant la seua senyora, la qual l'esperava amb gran desig. Només veure-la li va preguntar si ja es trobaven a la torre els dos cavallers, a la qual cosa la cambrera respongué:

—Senyora, allà són i ací teniu la clau.

Llavors la senyora va sentir una gran satisfacció.

VI. Com el senyor de Satalia va anar per endur-se la seua muller de Palàcia

Ara diu aquesta història que, a Turquia, hi ha el costum entre els grans senyors i les grans dames, que quan un abandona aquesta vida, és a dir, quan es mor, es fa construir, tant si és home com si es dona, una torre a la vora del camí reial. Aquesta torre la solen edificar en un puget i, dins d'ella, fan enterrar el seu cos perquè puga ser vista des de lluny per la gent que passe pel camí anant i venint i que així puguen dir:

«Allà jau aquest senyor o aquesta senyora».

Per això en aquelles terres cada senyor o cada senyora quan mor es fa construir la seua sepultura d'aquesta forma.[1]

No feia molt de temps que la muller del senyor de Palàcia, mare d'aquesta donzella Nerguis, era morta, i el seu cos l'havien enterrat en una torre edificada en un puig prop del camí, a una jornada i mitja de la ciutat de Palàcia.

---

1. Com assenyala Arseni Pacheco en la seua edició crítica del Jacob Xalabín (Editorial Barcino, p.100, nota 2): «La torre mortuòria ací descrita és la *kubbe,* que els turcs acostumaven a construir en honor dels visirs i grans dignataris. Normalment era assenyalada amb dues pedres a l'entrada, una d'elles coronada amb un turbant, si el difunt era home, o amb un altre ornament qualsevol, si era dona».

Nerguis, que era ben sabuda, passava nit i dia cavil·lant com podria satisfer el seu desig. Va pensar que, quan el seu marit se l'emportara cap a Satalia, per força havien de passar pel camí a la vora del qual era edificada la torre mortuòria on jeien les restes de sa mare. Per això va barrinar que, quan es trobaren prop de la torre, demanaria al seu marit que la deixara anar a orar al monument de sa mare i, en aquell espai de temps, podria tenir el seu desitjat encontre dins la torre amb Jacob Xalabín i podria fer tot el que li vinguera de gust. Per aquesta raó Nerguis havia fet que Jacob Xalabín i el seu company anaren a la dita torre, com ja heu sentit.

VII. Com el senyor de Satalia s'enduia la filla del senyor de Palàcia per muller

Havent celebrat les festes a la ciutat de Palàcia, el senyor de Satalia trobava que la seua partida estava allargant-se massa. Per això va fer tots els preparatius per anar-se'n amb la seua muller i celebrar les seues noces a la ciutat de Satalia. Llavors va comunicar al seu sogre que volia partir.

Assabentat el senyor de Palàcia que el seu gendre se'n volia anar, va aparellar la seua filla Nerguis el millor que va poder, segons corresponia a la filla d'un gran senyor.

I amb un gran estol d'homes, de dones i de donzelles a cavall, isqueren de la ciutat i s'acomiadaren els uns dels altres. Després, el senyor de Palàcia va donar la benedicció a la seua filla, tal com ha de fer un pare, i se'n tornà a la ciutat. El senyor de Satalia va començar el viatge de tornada a la seua terra en companyia de la seua dona.

L'endemà, cap al migdia, van albirar la torre des de ben lluny. Nerguis, impacient per arribar-hi, cridà la seua cambrera de confiança i li digué:

—Adreça't al meu senyor i digues-li que, com que deixe la meua terra, me'n vaig a una altra i no sé si hi tornaré mai més, li pregue per la seua noblesa que em concedisca el permís per anar a la torre on jau el cos de ma mare i acomiadar-me d'ella.

La cambrera va complir immediatament l'ordre que li havia donat la seua senyora. Quan el marit va sentir allò que la seua dona li demanava, li ho va atorgar. Llavors tota la cavalleria va agafar el camí de la torre on es trobava la sepultura.

Quan arribaren al peu del puig en un bell prat on era la torre, descavalcaren i, tot seguit, plantaren les seues tendes. Quan foren plantades, el senyor de Satalia se n'entrà en la seua i el mateix va fer la seua muller, ja que és costum que els grans senyors viatgen separats de les seues dones.

En acabant, el senyor va manar que serviren el menjar per a ell i per a tota la seua cavalleria, i això mateix va fer Nerguis, la seua muller, amb les dones i les donzelles. Però a ella, desitjosa com estava d'anar a la torre, no li abellia ni menjar ni beure i per això, acompanyada només per la seua cambrera, se n'anà cap al puig on era la torre. I, encara que dones i donzelles la volien acompanyar, ella no ho va consentir, sinó que els va dir que no es mogueren de la tenda i que aprofitaren per a menjar perquè ella no tardaria gens. Així doncs, mentre tothom menjava, Nerguis acompanyada només per la seua cambrera, pujà a la torre i amb la clau obrí la porta i ambdues n'entraren dins. I quan foren a dintre, tancaren bé la porta.

VIII. Com la senyora Nerguis va entrar dins la torre on eren Jacob Xalabín i Alí Baixà

Jacob Xalabín, fill del sultà, que havia estat dos dies dins la torre amb el seu company esperant la seua ventura, quan va veure aquella donzella tan gentil a qui tant estimava, ja es pot imaginar cadascú si en aquest cas es trobava, el goig que devia sentir.

Nerguis, en veure l'home que més s'estimava d'aquest món, el seu joiell tan desitjat que ella perseguia amb deler, anà de seguida cap a ell. S'acostaren l'un a l'altre, s'abraçaren i es besaren. I pel gran goig i l'amor que l'un i l'altre sentien, no pogueren ni parlar ni dir-se res, sinó que, així abraçats, caigueren a terra estamordits a causa de la *fina amor*[1] que tots dos sentien.

Alí Baixà i la cambrera estigueren durant una estona observant com el seu senyor i la seua senyora jeien en terra abraçats i en silenci. A la fi, Alí Baixà digué a Jacob Xalabín:

—Company, ¿què féu? Féu el que hàgeu de fer i afanyeu-vos que no tenim temps.

Quan Alí Baixà va veure que Jacob Xalabín ni li responia ni li deia res, va pensar:

---

1. La *fina amor* és el tipus d'amor de què parlen els trobadors. Aquest amor refinat és l'oposat a la pura tendència biològica o animal.

«Açò podria durar massa».

Va agafar Jacob Xalabín per les aixelles, cridant-li:

—¡Au, company!

Però el fill del sultà, estamordit i com si haguera perdut l'enteniment, el mirava amb els ulls oberts i rient-se-li a la cara. La cambrera feia el mateix amb la seua donzella.

Quan Alí Baixà i la cambrera es van adonar que aquells dos no podien recobrar els sentits ni tenir-se drets, es van començar a plànyer, dient:

—¡Oh, mesquins, en mala hora ens hem alçat, perquè tots serem morts! El senyor ja deu haver acabat de menjar i se sorprendrà per la nostra tardança.

Ja podeu anar pensant què faríeu si us trobàreu en un cas semblant, perquè Alí Baixà i la cambrera sentien una gran angoixa i un gran dolor, i no és d'estranyar. Ni amb aigua ni amb res els podien retornar.

Mentre tot açò passava a la torre, tota la cavalleria ja havia acabat de menjar i feien un gran aldarull posant a punt els seus cavalls. Llavors, Alí Baixà digué a la cambrera:

—Per la meua fe, açò no ens beneficia gens. Ací cal prendre alguna determinació o algun remei per tal que no siguem descoberts i morts.

I com que era molt intel·ligent i espavilat, se li va acudir una manera d'eixir d'aquell embolic.

—¡Ja ho tinc!

I immediatament Alí Baixà es llevà la roba i van despullar Nerguis. El company de Jacob Xalabín es va vestir amb la roba de Nerguis, es va posar també tots els ornaments que ella duia i es va cobrir la cara, perquè heu de saber que en aquella terra les dones tenen el costum d'anar totes amb la cara tapada, de manera que cap home no les pot veure ni conéixer. Alí Baixà es disfressà, doncs, amb els vestits i els ornaments de Nerguis i, tot seguit, va dir a la cambrera:

—Anem a fora, eixim d'ací i no et mogues del meu costat. Si se m'acosta algú per a parlar-me, li dones una excusa en nom meu. Anem, que potser a la nit o en qualsevol moment ens en podrem fugir i tornar-nos-en ací amb aquests, a veure si ja s'han recuperat. De manera que guarda bé la clau.

Alí Baixà, disfressat amb els vestits de la donzella, i la cambrera eixiren de la torre i la tancaren bé. Quan la cavalleria va veure que venien, digueren:

—Ja ve la senyora.

Alí Baixà, juntament amb la cambrera que el guiava, anaren a la tenda de la senyora Nerguis i s'hi van asseure. ¡Si haguéreu vist com les dones i donzelles acudien de seguida davant Alí Baixà, fent-li la reverència que acostumaven a fer, tot pensant-se que era la seua senyora, i dient-li:

—Senyora, ¿heu vist el cos de la vostra mare?

Instantàniament la cambrera contestava:

—Per amor de Déu, no li digueu res perquè ha plorat tant sobre el monument de sa mare, que amb prou feines me l'he poguda endur.

I d'aquesta forma la cambrera excusava el silenci d'Alí Baixà. Llavors el senyor féu tocar la trompeta. Muntaren a cavall i tothom va començar a cavalcar.

Alí Baixà també ho va fer i, amb la cambrera sempre al seu costat, van reprendre el camí.

Ja us podeu imaginar que Alí Baixà tenia por de ser descobert i, per això moltes vegades al llarg del dia i de la nit mentre cavalcaven, pensava com se'n podria fugir. Però encara que era espavilat i intel·ligent i se la sabia ben llarga, no va tenir cap lloc ni cap oportunitat favorable per a poder-ho fer. I allò que més l'aturava per a intentar la fugida era que no muntava en un cavall sinó en una mula que anava al pas, ja que és costum que les dones cavalquen en aquestes bèsties per tal d'anar més còmodes. Per aquesta raó Alí Baixà no muntava cavall ni rossí, perquè si ho haguera fet, podrien haver intentat escapolir-se'n en qualsevol moment de la nit. I fou també per això que no trobà ni el lloc ni l'oportunitat de fugir, sinó que hagué de cavalcar dia rere dia, fins que va arribar prop de la ciutat de Satalia.

Ara tornarem a Jacob Xalabín i a la donzella Nerguis, els quals havien romàs a la torre. Després, quan serà menester, tornarem de nou a Alí Baixà i a la cambrera.

IX. Com Jacob Xalabín i la senyora Nerguis recuperaren el coneixement i se sorprengueren en trobar-se tots dos sols

Com l'amor, el qual és sobirà sobre totes les altres coses, abundava en Jacob Xalabín i en la senyora Nerguis, segons heu sentit, estigueren durant tres hores l'un abraçat a l'altre, amb l'enteniment i la consciència perduts. Després, recuperaren el coneixement i es van meravellar molt en trobar-se tots dos sols. Reconegueren la torre i trobaren la porta tancada amb clau per fora.

Tot seguit, la senyora Nerguis es va adonar que l'havien despullada dels vestits i dels ornaments tan rics que duia, tret de la camisa i d'un humil mocador que portava sobre els seus nets i purs cabells. Prop d'allí van veure, en terra, els vestits d'Alí Baixà.

Quan Jacob Xalabín va veure la donzella despullada, els vestits del seu company per terra i la porta tancada, s'imaginà que allò havia estat obra d'Alí Baixà i va pensar:

«Ben segur que el meu company no tardarà a venir».

En acabant, es va girar cap aquella angelical figura que ell s'estimava de tot cor i, dolçament, amb els seus braços i les seues mans, va prendre aquell delitable cos cobert per una fina camisa, i els dos amants es van besar molt delicadament. Ací es veren dos cors units en una mateixa voluntat, la de fer aquella cosa que no està bé pronunciar ací, però que cadascú i cadascuna es pose en el seu lloc i que pense què faria.

Aquests dos estigueren nou dies dins la torre fent allò que acabeu de sentir. Després del nové dia va arribar Alí Baixà, com ara sentireu.

X. Com la germana del senyor de Satalia isqué a rebre el seu germà, que venia amb la seua muller

Diu aquesta història que, així com ja heu sentit, el senyor de Satalia va cavalcar amb la que ell es pensava que era una donzella, és a dir, amb Alí Baixà. En partir de la torre on s'havien quedat Jacob Xalabín i la donzella Nerguis cavalcaren durant sis dies fins que van arribar a prop de la ciutat de Satalia.

Quan la comitiva estigué a prop de la ciutat de Satalia i els seus habitants s'assabentaren de la notícia, i en especial la germana del senyor, es disposà, juntament amb els més honrats barons i les més honrades gents de la terra, a eixir a rebre el seu germà que anava acompanyat de la seua muller. I amb gran so de trompetes i d'anafils va eixir un tros fora de la ciutat, on va trobar el seu germà Hocman Bei amb tota la seua cavalleria i amb Alí Baixà en forma de dona.

La germana s'acostà al seu germà i li digué:

—Benvingut sigues, estimat germà.

—Ben trobada sigues, estimada germana —contestà ell.

Després s'acostà a Alí Baixà i li agafà la mà dreta, però ell la tenia enfundada en un guant molt prim. En acabant l'abraçà i el besà, però sobre el vel que li tapava la cara, com era costum.

Tot seguit, mentre l'acompanyava, va començar a parlar-li. En primer lloc li va donar la benvinguda i pensava preguntar-li algunes coses tal com solen fer les dones, però la cambrera, que estava molt atemorida i que no es movia del seu costat, immediatament li digué:

—¡Ai, senyora! No li digueu res perquè la meua senyora no està acostumada a cavalcar durant tant de temps i està molt disgustada i cansada.

I d'aquesta manera la cambrera evitava que Alí Baixà haguera de parlar i que poguera ser descobert.

La germana del senyor de Satalia va anar agafada de la mà amb Alí Baixà pensant-se que era la seua cunyada. D'aquesta manera entraren a la ciutat on tota la gent els va rebre amb una gran festa i alegria perquè el seu senyor arribava amb la seua dona.

—¡Sigues benvinguda, senyora nostra, i Déu vulga que entreu ací en bona hora! —li deien tots.

I així es dirigiren cap al palau, que com us podeu imaginar, estava molt ben guarnit i entapissat. Quan van haver descavalcat, el senyor de Satalia digué a la seua germana:

—Germana, us confie la donzella perquè la instal·leu bé, ja que es troba molt fatigada de tant de cavalcar.

La germana del senyor de Satalia la va agafar de la mà i se la va endur a la seua bella, resplendent i agradable cambra, ben adornada amb teles i tot allò que era menester.

XI. Com Alí Baixà va jaure amb la germana del senyor de Satalia i com ella se n'anà amb ell

A penes va entrar Alí Baixà a la cambra, com qui té més por que vergonya, es gità damunt del llit, fent veure que es trobava molt cansada. La cambrera, que en cap moment se separava del seu costat, va seure a la seua vora.

La germana del senyor de Satalia li va preguntar si volia beure o menjar, però la cambrera va respondre de seguida que no volia ni menjar ni beure perquè estava molt cansada. Al cap de poc, i com que ja s'estava fent de nit, va ser servit un abundant sopar. No obstant això, el senyor de Satalia, que s'imaginava que la donzella devia estar cansada, digué a la seua germana que soparen ambdues a la cambra i que tinguera cura d'ella.

Així doncs, al cap d'una estona, la germana del senyor de Satalia digué:

—Cunyada, ¿sopem?

La cambrera es va apressar a respondre de seguida que la seua senyora no volia sopar sinó que se'n volia anar al llit perquè es trobava molt fatigada. La cunyada, en veure que l'altra no volia sopar, ho féu ella sola.

Després, el llit fou molt ben disposat. Alí Baixà s'hi va ficar dins vestit amb la camisa i amb el cap i la cara coberts, mentre la cambrera s'asseia en el bagul que hi havia als peus del llit. Tan bon punt s'hi va ficar a dins, va dir a la cambrera que es fixara bé en el palau, en les portes, en l'estable i en quin lloc es trobaven els bons cavalls, de manera que quan tothom dormira, pogueren fugir. Ella així ho va fer.

Havia transcorregut poc de temps des que Alí Baixà s'havia ficat al llit, quan hi va acudir la germana del senyor de Satalia per fer companyia a la seua cunyada durant la nit i per parlar amb ella. Quan entrà a la cambra preguntà:

—¿Que dormiu, cunyada?

Immediatament la cambrera va contestar:

—¡Ai, senyora! ¡Per amor de Déu, no feu soroll que la meua senyora està dormint perquè fa cinc nits que no ha tancat l'ull!

La germana del senyor de Satalia s'ho va creure i, sense dir res, va començar a despullar-se i es va gitar al costat d'Alí Baixà. Quan es ficà al llit, a Alí Baixà, que ni dormia ni tenia intenció de fer-ho, se li escalfà la sang perquè el foc és molt perillós estant a prop de la palla, i si se li acosta, per força ha de prendre.

Quan Alí Baixà es va veure al costat d'aquella dona no es pogué contenir i, encara que allò li costara la vida, es va acostar a ella i va començar a abraçar-la i a besar-la amb molta passió. La donzella, que va sentir que l'estrenyia tan fort, es va sorprendre molt i es va quedar tota estranyada.

Alí Baixà, que era molt jove i fogós, començà a fer-li unes coses que ací no es poden dir. La donzella, quan s'adonà del que succeïa, no s'ho va prendre com un joc, sinó que va voler cridar, però Alí Baixà li va posar ràpidament la mà a la boca i li va dir:

—¡No digueu res, si no, sou morta!

Quan la donzella el va sentir parlar, va notar que era un home, i no digué res. Llavors Alí Baixà començà a gaudir d'ella. Després que féu el que havia de fer, li digué:

—¡Que hi farem! Jo ara me'n vaig perquè no em puc quedar ací. Així és que penseu si us en voleu venir amb mi.

A la qual cosa la donzella va respondre sense pensar-s'ho gens:

—¡Ai, senyor! Sí, aniré amb vós. No us deixaria per res, encara que em duguéreu a la mort o a la fi del món. No ho dubteu.

I, certament, no era estrany que li responguera que volia anar amb ell, perquè li havia lliurat la seua virginitat, cosa de la qual no es penedia, sinó que n'estava molt contenta. Únicament li va demanar:

—Senyor meu, us suplique que em digueu qui sou vós.

Alí Baixà li contestà:

—Donzella, us pregue que no us sàpia greu si no us puc dir qui sóc, perquè ara convé que ens afanyem.

De seguida es vestiren. Tot açò succeïa aproximadament a l'hora del primer son. La donzella, com que tenia moltes joies i riqueses, les va agafar ajudada per Alí Baixà i per la cambrera, i les ficaren en un farcell. I tots tres, secretament i amb una candela, van entrar a l'estable, agafaren quatre cavalls dels millors que hi havia, els ensellaren i els enfrenaren. A un dels

cavalls el carregaren amb el farcell de les joies, i en els altres tres cavalls muntaren Alí Baixà, la donzella i la cambrera. Així van eixir del palau i de la ciutat sense que ningú els sentira ja que tothom dormia en aquella hora.

En eixir de la ciutat, devia ser ja mitjanit, van agafar el camí de la torre on havien deixat Jacob Xalabín i la donzella Nerguis. Van cavalcar durant dos dies i tres nits sense descansar fins que hi van arribar.

XII. Com s'enfugiren Alí Baixà i la germana del senyor de Satalia

Ara diu aquesta història que Hocman Bei, senyor de Satalia, quan arribà a la seua ciutat, segons ja heu sentit, i havent sopat, cridà els seus oficials i els manà que l'endemà prepararen els menjars i tot el que calguera per a la festa nupcial que hi volia celebrar. En acabant, se n'anà a la seua cambra i es gità a dormir.

I, amb la impaciència d'aquell per a qui les hores de la nit passen lentament perquè anhela celebrar la festa de noces, a penes es féu de dia s'alçà del llit i es va vestir amb robes molt luxoses. El mateix van fer els seus barons i cavallers i es van dirigir al palau. Hi hauríeu d'haver sentit quin gran enrenou que es va organitzar d'anafils, de flabiols morescos i de tots els instruments que solien utilitzar. Tota la gent celebrava una gran festa i grans jocs mentre esperava poder veure la seua senyora quan cavalcara per la ciutat.

Mentrestant, el senyor Hocman esperava en una gran sala del palau en companyia de tots els seus barons i cavallers, pensant-se que la seua germana estaria ajudant la donzella a posar-se el vestit i els ornaments. I, esperant, esperant, es féu més tard de l'hora tèrcia.[1]

---

1. *L'hora tèrcia* correspon aproximadament a les nou del matí actuals.

—Ja és quasi l'hora de la cerimònia —digué Hocman Bei.

Llavors envià un missatge a la seua germana, dient-li que s'afanyara perquè aquell era un gran dia. El missatger va anar de seguida a la cambra on s'havien gitat les dues donzelles. Quan arribà a la porta, no va gosar entrar sinó que preguntà a les dones i donzelles que hi havia allí fora què feien les senyores. Una d'aquelles donzelles li contestà que encara no devien haver-se alçat perquè no havien sentit ningú per la cambra. Així és que el missatger no s'atreví a trucar a la porta, se'n tornà i digué al seu senyor:

—Senyor, he estat a la cambra i les senyores encara no s'havien alçat.

Hocman va pensar que la seua donzella devia estar molt cansada a causa de tant de cavalcar i de les males nits que havien hagut de passar i que per això encara estaven dormint.

El senyor de Satalia va estar esperant una bona estona, però en ser prop del migdia digué a un missatger:

—Vés de seguida i digues-los que s'afanyen i que vinguen sense perdre temps.

El missatger es dirigí a la cambra i, en arribar a la porta, les dones i donzelles que hi havia li digueren que encara no s'havien alçat. Llavors el missatger va dir:

—Despertem-les perquè ho mana el senyor. ¿Que no veieu quina hora és?

I va començar a trucar i a empényer la porta de la cambra fins que s'obrí. Una de les donzelles va entrar en la cambra però no hi va trobar ningú; va eixir tota sorpresa i ho va comunicar a totes les que hi havia. De seguida entraren totes dins la cambra i quedaren bocabadades en no veure-hi ningú. Ho van escorcollar tot, però no van trobar ningú. Mentrestant, el missatger que Hocman Bei havia enviat, no gosava tornar per por al seu senyor.

Ja era quasi migdia quan el senyor Hocman, vist que era molt tard i que el missatger que havia enviat no tornava, en trameté d'altres dient-los que tornaren foren quines foren les notícies. Però quan els nous missatgers s'assabentaren dels fets, cap d'ells no gosava tampoc tornar a dir-li-ho. A la fi Hocman Bei, com que veia que allò ja durava massa, anà a la cambra i va preguntar a les dones i donzelles que hi havia què feien les senyores. Una d'elles s'atreví a parlar i digué:

—¡Ai, senyor! ¿Què fem ara que no trobem ni sabem què s'ha fet de la senyora Nerguis ni de la vostra germana?

—¿Com és això? ¿Què ha passat ací? —va exclamar Hocman.

Llavors van començar a buscar per tot el palau, i era tan gran l'aldarull i els crits que feien, que tota la ciutat s'esvalotà i es va organitzar un gran rebombori. Buscaren per ací i per allà, però tot fou debades perquè no en van descobrir cap rastre. Únicament hi havia quatre cavalls de menys.

Ja us podeu imaginar quina aflicció i quina ira va sentir Hocman Bei. No podien ni fer-se una idea del que havia passat, ni de com havien fugit, ni cap on ni amb qui, perquè no trobaren a faltar cap cavaller ni cap home sinó tan sols elles dues amb la cambrera, que en total n'eren tres.

Hocman Bei envià cavallers en totes direccions per buscar-los, però Alí Baixà amb la donzella els duien mig dia d'avantatge, raó per la qual no pogueren trobar cap notícia ni cap rastre seu. Per això Hocman i tots els seus cavallers i barons que havien de celebrar una festa tan notable com la que hi havia preparada, se n'hagueren de tornar cadascun a la seua terra afligits, desorientats i amb una gran confusió: ja us en podeu fer càrrec. Així, hagueren de dinar sense gens de gana.

I d'aquesta manera va romandre Hocman, senyor de Satalia, desconsolat del tot i sense saber com ni de quina manera havia ocorregut allò de la que havia de ser la seua muller i de la seua germana. Per ara no tenia cap indici del que havia passat. Després se n'assabentà i se n'alegrà molt, com ja sentireu.

XIII. Com Alí Baixà tornà a la torre amb la cambrera i amb la germana del senyor de Satalia i com tornaren a Bursa[1] tots junts

Quan Alí Baixà i la germana del senyor de Satalia fugiren de la ciutat, com ja heu sentit, cavalcaren dia rere dia fins que arribaren a la torre on es trobaven Jacob Xalabín i la senyora Nerguis. Llavors descavalcaren i Alí Baixà, que tenia ben guardada la clau de la porta, l'obrí. Allí es trobaven Jacob Xalabín i la donzella, els quals, en veure Alí Baixà, ja us podeu imaginar quin goig i quina alegria que sentiren.

Alí Baixà s'agenollà davant Jacob Xalabín fent-li una gran reverència i, pel gran goig que sentien, s'abraçaren i es besaren. En acabant, Alí Baixà féu reverència a la senyora Nerguis i li tornà la roba i els ornaments que s'havia endut i que encara duia posats. Pel que fa a la cambrera, quan va veure la seua senyora Nerguis, també podeu pensar quin goig que va sentir.

Després de les salutacions Jacob Xalabín va preguntar al seu company què li havia esdevingut i qui era aquella donzella que duia amb ell. Alí Baixà li contestà que aquella era la germana del senyor de Satalia

1. Aquest títol de capítol manca en el manuscrit i procedeix de l'edició crítica feta per Arseni Pacheco.

que l'havia fet l'home més feliç del món. I començà a contar-li, paraula per paraula, tot el que li havia ocorregut des que va partir d'allí.

Per la seua banda la cambrera digué a la senyora Nerguis:

—Ací teniu la que havia de ser la vostra futura cunyada.

I totes dues començaren a abraçar-se i a preguntar-se coses fins que els ulls se'ls ompliren de llàgrimes i exclamaren:

—¡Ai, desgraciades! ¡Quines aventures ens han dut fins ací, que ens trobem en poder d'aquests dos homes sense saber la seua identitat! ¡Nosaltres que vivíem una vida de benestar i ara anem amb uns homes que no sabem ni qui són ni on ens duran!

Amb aquella preocupació es trobaven aquelles dues donzelles però cadascuna estava ben pagada d'aquells joves tan ben plantats i tan gentils, i prompte els passà aquella inquietud.

Quan Jacob Xalabín veia que la senyora Nerguis estava afligida, anava cap a ella i l'abraçava dolçament. Nerguis es consolava de seguida perquè no hi havia res al món que s'estimara més el seu cor que el seu senyor que tenia allí davant. El mateix li passava a Jacob Xalabín.

I si aquests estaven tan enamorats, els mateixos sentiments tenien Alí Baixà i la seua donzella, la germana del senyor de Satalia. I d'aquesta manera passaven el temps.

Al cap d'una estona Jacob Xalabín va dir a Alí Baixà:

—Company, ¿què farem?

—Per la meua fe —digué Alí Baixà—, anem-nos-en d'ací a penes es faça de dia i cavalquem fins a eixir d'aquesta terra perquè no és bo per a nosaltres quedar-nos ací.

—Tens molta raó —li va contestar Jacob Xalabín.

Quan es féu de dia, ensellaren els cavalls i van decidir dirigir-se cap a les terres del sultà, és a dir, al seu propi país, i concretament a la ciutat de Bursa. Acordaren que no es farien enrere i en arribar ja pensarien el que havien de fer. Així ho feren i, cavalcant, cavalcant, van eixir de les terres del senyor de Palàcia.

Quan foren dins la seua terra, van agafar el camí de la ciutat de Bursa, on feien jornades més curtes i descansades en atenció a les dones. Cada vegada que topaven amb una font, descavalcaven i donaven de menjar als seus cavalls. Després, estenien les estores i cadascun seia amb la seua senyora i es refrescaven i menjaven amb gran goig i delit.

Un dia d'aquells, a hora de migdia, trobaren una agradable font situada en un prat a mitjan camí entre el castell de Carassar i el de Cotei. Allí descavalcaren, van llevar els frens als cavalls i els deixaren anar a pasturar al prat. Després estengueren les estores, tragueren els queviures que portaven i començaren a menjar i a beure. Havent menjat, i com que feia molta calor, Jacob Xalabín va posar el cap sobre la falda de la senyora Nerguis, la qual va començar a acaronar-li els cabells. Igualment Alí Baixà jeia a la vora de la seua senyora. Així estaven parlant agradablement cadascun amb la seua senyora quan, de sobte, la germana del senyor de Satalia dreçà la seua cara cap al seu senyor Alí Baixà i molt humilment li va preguntar:

—¡Oh gentil senyor meu, a qui estime per damunt de totes les coses, et suplique que em concedisques un desig que tinc ja que és la primera cosa que et demane.

Alí Baixà que va sentir aquell prec tan graciosament demanat per la donzella, de seguida s'imaginà què volia i li respongué:

—Donzella meua, no hi ha res al món que jo no fera ni diguera pel vostre amor.

Tot seguit, va continuar la donzella:

—Molt estimat senyor meu, us diré el que vull. Només desitge que em digueu una cosa. Vós ja sabeu qui sóc jo i tot el que ens ha ocorregut. Sabeu també que no hi ha res en aquest món que jo no haja deixat pel vostre amor. Per això, senyor meu, us suplique que em digueu el vostre nom, d'on sou i on ens dueu.

Després d'escoltar-la, Alí Baixà li va somriure i li respongué:

—Per la meua fe, donzella, teniu tota la raó de demanar-ho.

Llavors es girà cap a Jacob Xalabín i li digué:

—Senyor, bo serà que d'ara endavant les senyores que són ací sàpien qui som nosaltres, perquè em sembla que estan molt preocupades i serà bo que els ho diguem.

Jacob Xalabín va respondre que, efectivament, ja era hora que ho saberen. En això, Alí Baixà es posà dempeus, s'acostà a la senyora Nerguis, s'agenollà davant d'ella i li digué:

—Senyora, heus ací el meu senyor Jacob Xalabín, fill de Murat el sultà.

En assabentar-se la senyora Nerguis que el seu senyor era Jacob Xalabín, immediatament s'agenollà davant d'ell i li digué:

—Així és que, senyor, ¿vós sou Jacob Xalabín, fill del sultà?

Aleshores ella li va voler besar els peus, però Jacob Xalabín la va agafar de seguida pels braços, féu que s'alçara i l'abraçà dolçament.

Després Jacob Xalabín, adreçant-se a la germana del senyor de Satalia li digué:

—Donzella, heus ací Alí Baixà, fill del governador.

Quan la donzella va sentir que aquell era Alí Baixà, fill del gran baró que governava tot el regne, ja podeu pensar l'alegria que va sentir perquè no hauria pogut fer més alt casori.

Hauríeu d'haver vist les dues donzelles; si abans estaven contentes d'aquells dos senyors que havien conquistat, en saber qui eren ho estigueren molt més. Elles mateixes deien que en bona hora havien nascut perquè havien conquistat uns homes com aquells. Beneïen l'hora en què els van veure i la font on van saber els seus noms perquè allí elles havien acomplit el seu desig.

Quan acabà la festa, enfrenaren els cavalls, arreplegaren les estores i muntaren. I, cavalcant, cavalcant, arribaren a la ciutat de Bursa i s'ho apanyaren per a entrar de nit a l'hora del primer son. Es van dirigir a casa del governador Alí Baixà qui solia arribar de la cort cap aquella hora.

Hi entraren, però el noble Alí Baixà que era dalt, en sentir el brogit dels cavalls va davallar i de seguida reconegué el seu fill.

—¡Oh, fill meu, sigues benvingut! —li digué—. ¿Què s'ha fet del meu senyor Jacob Xalabín?

—Pare, heus-lo ací.

El governador s'acostà a ell immediatament i s'agenollà als seus peus amb un gran goig. En veure'l Jacob Xalabín també el va saludar amb alegria. Després, va preguntar qui eren aquelles donzelles i Alí Baixà fill li contestà:

—Pare, ací teniu la filla del senyor de Palàcia i ací la germana del senyor de Satalia. Per la nostra ventura el meu senyor Jacob Xalabín ha conquistat la senyora Nerguis, filla del senyor de Palàcia, i jo, senyor, la germana del senyor de Satalia.

Llavors li ho va relatar tot fil per randa. Quan el governador Alí Baixà va acabar de sentir-ho tot, estava impacient per anar a dir-ho al sultà. Així és que, encara que ja era tard, se n'anà cap al palau.

XIV. Com Jacob Xalabín tornà a la cort del seu pare amb Alí Baixà i amb les dues donzelles

Jacob Xalabín i Alí Baixà estigueren fora de Bursa catorze mesos i set dies i, com que el Nostre Senyor fa que les coses acaben bé, durant aquest temps la muller del sultà, N'Issa Xalabina, va passar a millor vida i el metge jueu se n'havia anat a una illa del Xiu.

Quan el governador Alí Baixà va arribar a palau se n'entrà en la cambra del sultà, que ja s'havia gitat, i li digué:

—Senyor, us demane mercé.

—¡Per Déu, Alí Baixà, digues el que vulgues! —respongué el sultà.

—Senyor, acaben d'arribar el meu senyor Jacob Xalabín en companyia del meu fill.

—¿Com, Jacob Xalabín? ¿Com és possible això? ¿Que no el vas matar?

—Senyor —digué Alí Baixà—, en realitat no. Quan em diguéreu que el matara i que us en portara el fetge, no ho vaig fer sinó que us vaig dur el fetge d'una cérvola, mentre que Jacob i el meu fill fugien. Ara, senyor, han tornat en companyia de la filla del senyor de Palàcia i de la germana del senyor de Satalia.

Quan el sultà va sentir el que deia Alí Baixà, no

s'ho creia. S'alçà de seguida del llit on jeia i, tot i l'hora que era, se n'anà a casa d'Alí Baixà a peu. Allò no ho havia fet mai, ni havia entrat mai tampoc a casa del seu governador, però no era d'estranyar que hi anara per veure aquell fill seu que pensava que era mort.

En arribar a casa d'Alí Baixà i veure el seu fill Jacob Xalabín, el seu cor no ho va poder suportar més i els ulls se li ompliren de llàgrimes. I així, plorant tendrament, va córrer amb els braços estesos a abraçar el seu fill. Hauríeu d'haver vist quines paraules tan piadoses que el pare deia al fill i que ací serien llargues de recitar.

Després, quan hagueren estat així durant una bona estona, el governador Alí Baixà digué al sultà:

—Senyor, entreu ací en aquesta cambra.

Quan el sultà va entrar a la cambra, va veure aquelles dues belles donzelles que seien sobre coixins molt rics. Llavors es va sorprendre molt i tot seguit va preguntar qui eren, en especial la senyora Nerguis que estava la primera i que semblava més digna d'honor que l'altra.

—Pare i senyor —digué Jacob Xalabín—, aquesta és la filla del senyor de Palàcia. Ella i jo ens vam trobar per ventura i perquè Déu així ho va voler, de la manera que ara us contaré.

I llavors li ho va contar tot tal com havia fet amb Alí Baixà.

Quan el sultà hagué vist el seu fill amb el seu company Alí Baixà i les dues donzelles, ja us podeu imaginar el goig i la satisfacció que va sentir. I amb aquella alegria s'acomiadà de tots i se'n tornà al seu palau on va passar la nit molt content.

L'endemà de bon matí, abans de l'alba, el sultà, que no havia pogut tancar l'ull en tota la nit de goig que sentia, cridà uns correus perquè feren saber al senyor de Palàcia i al de Satalia que en rebre aquell missatge, acudiren a la ciutat de Bursa sense perdre temps.

Els correus partiren de seguida, l'un anà al senyor de Palàcia i l'altre al senyor de Satalia. Quan el senyor de Satalia va rebre el manament del sultà, es va disposar a obeir-lo de seguida perquè no volia que s'enutjara amb ell a causa del temor que li tenia.[1] Igualment, el senyor de Palàcia va obeir l'ordre del sultà. Per això, al cap de pocs dies van arribar tots a la ciutat de Bursa.

Encara que aquells dos no sabien per a què els requeria ni què volia, el sultà havia fet una crida per tota la seua terra i per totes les ciutats, anunciant que se celebrarien grans festes d'ací a vuit dies. Hauríeu d'haver vist la gran festa i les grans diversions que tota la gent celebrava en honor de Jacob Xalabín, fill del seu senyor.

Quan el sultà va saber que el senyor de Palàcia i el senyor de Satalia havien arribat, els acompanyà i els donà una gran benvinguda. Després els va dir:

---

1. Cal recordar que en aquella època el sultà (Murat) acabava de conquerir una gran part de les possessions dels emirs de Satalia i de Palàcia, motiu pel qual aquests temien represàlies si no obeïen les seues ordres.

—Si no us diguera per què us he fet venir, no ho endevinaríeu mai.

Va esguardar el senyor de Palàcia i li digué:

—Sapieu vós en primer lloc que Déu Nostre Senyor ha volgut que la vostra filla Nerguis haja vingut ací amb el meu fill. Per això, i ja que és el seu destí, vull que celebrem matrimoni.

De la mateixa manera, va comunicar al senyor de Satalia que la seua germana també hi era i que volia que fóra la muller d'Alí Baixà. Tan bon punt el sultà va acabar de dir el que volia, els va agafar per les mans i els va introduir en una cambra on eren les donzelles molt ricament abillades. Quan l'un va veure la seua filla, i l'altre la seua germana, sentiren un gran plaer. A l'acte, el senyor de Palàcia anà cap a la seua filla per abraçar-la i per besar-la, cosa que també féu el senyor de Satalia amb la seua germana.

El goig que cadascun d'ells sentia després d'haver vist les donzelles i d'haver escoltat la proposta de celebrar matrimoni, els feia sentir que els dies i les hores que transcorrien abans de la festa, eren massa llargs. Tots dos es tenien per uns grans senyors i per molt benaventurats ja que semblants homes com eren Jacob Xalabín i Alí Baixà anaven a casar-se amb aquelles donzelles.

El senyor de Satalia no va reclamar la qui havia de ser la seua muller, la senyora Nerguis, ja que eixia guanyant amb el bon matrimoni de la seua germana, que en casar-se amb Alí Baixà, formaria part d'una noble família. Igualment el senyor de Palàcia se sentia molt honrat pel fet que el fill del sultà s'haguera

rebaixat tant com per a acceptar la seua filla com a muller. Per aquesta raó, hauríeu d'haver vist quin gran goig i quina alegria que tenien aquells dos, els quals, després de veure les donzelles s'agenollaren davant el sultà, dient-li:

—Senyor, et donem les gràcies perquè sent tu tan gran senyor com ets, vols acostar-te a nosaltres. ¿Temies que sent el teu desig no voldríem que les nostres filles i germanes es mesclaren amb tu? Si fins i tot nosaltres i totes les nostres coses som esclaus i servents teus.

El sultà va organitzar una gran i solemne festa per celebrar les noces del seu fill i d'Alí Baixà amb les dues donzelles.

El senyor de Palàcia i el de Satalia van romandre a la ciutat de Bursa quaranta-cinc dies, durant els quals, festejaren Jacob Xalabín i Alí Baixà amb les esmentades donzelles. Després aquests dos senyors s'acomiadaren del sultà, de Jacob Xalabín, d'Alí Baixà i de les donzelles, i cadascun se'n tornà a la seua terra.

Jacob Xalabín i la senyora Nerguis visqueren com a marit i muller amb gran goig i satisfacció, i de la mateixa manera ho feren Alí Baixà i la germana del senyor de Satalia.

XV. Com es va assabentar el sultà de l'entrada del cristià búlgar en la seua terra

Poc de temps després de les bodes va morir el pare d'Alí Baixà. El sultà, en morir Alí Baixà i com que el fill d'aquest era tan discret i tan responsable, el va nomenar nou governador de tot el seu regne i li va concedir les mateixes atribucions que havia tingut el seu pare.

Però un dia, mentre tots ells estaven a la ciutat de Bursa, ocupats en les seues diversions i esbargiments com corresponia al seu llinatge, arribaren notícies des de la part de Grècia que deien que el cristià búlgar havia penetrat amb una gran gentada dins del regne i que estava destruint-ho tot. Quan el sultà va sentir allò, féu cridar de seguida els seus exèrcits i envià a buscar tots els barons de la seua terra. També va enviar a buscar el seu fill Beseit Bei, el bastard, perquè vinguera immediatament. Aquell fill seu s'hi va presentar de seguida, com també tots els barons amb les seues gents ben armades.

Quan tothom va ser a Bursa, el sultà es reuní amb els seus dos fills, amb Alí Baixà, amb Anabecsu Bei i Sein Bei, que eren els dos més grans comtes i barons que hi havia a Turquia. Els va explicar com Llàtzer havia entrat a la seua terra i per això volia que l'aconsellaren què és el que havia de fer. Tots a una veu li aconsellaren que calia anar de seguida per combatre Llàtzer. I tal com ho acordaren, ho van fer.

El sultà va partir, doncs, de la ciutat de Bursa amb tot el seu exèrcit i, al cap d'uns dies, va arribar a Lapsao, un lloc que hi ha al canal[1] i que és el passatge entre Turquia i Grècia. Amb tota la seua gent deixà enrere un fort castell anomenat Gal·lípolli. Quan entraren en territori grec, van cavalcar fins que estigueren a un dia de marxa d'on es trobava Llàtzer.

Quan aquest s'assabentà que el sultà hi havia arribat amb tot el seu exèrcit, li va enviar un missatge fent-li saber que es preparara per a la batalla perquè volia combatre'l sense perdre temps. El sultà, en haver sentit el missatger, li va contestar:

—Vés-te'n i digues al teu senyor que s'afanye a eixir d'aquesta terra, perquè si no ho fa li causaré tan gran dany que se'n recordarà per sempre.

El missatger se'n va tornar i va repetir a Llàtzer les paraules que li havia dit el sultà. Quan Llàtzer va sentir el missatge, li va augmentar encara més el desig d'enfrontar-s'hi.

El sultà va plantar les seues tendes en una agradable planícia en companyia del seu exèrcit. Després d'observar tota la seua gent, va calcular que, entre soldats i cavallers, hi devia haver uns dotze mil combatents.

En assabentar-se Llàtzer que el sultà es trobava en aquella planícia, va començar a cavalcar per trobar-se

1. Aquest punt geogràfic anomenat «*canal*» és l'estret dels Dardanels, que comunica el mar Egeu amb el de Màrmara.

amb ell i donar-li batalla. I un dimecres disset de setembre de l'any mil tres-cents vuitanta-set,[2] a l'hora tèrcia, Llàtzer, amb tota la seua gent, va arribar prop de la planícia on es trobava el sultà.

Aquest Llàtzer disposava d'un bon exèrcit format per tudescos, hongaresos, alemanys i molta bona gent d'armes. Devien ser uns trenta mil combatents entre homes de peu i de cavall, entre els quals hi havia més de quatre mil cavallers armats. Aquests tenien pensat atacar els primers, perquè estaven molt ben armats i així podrien aturar les fletxes que llançaven els arquers de l'avantguarda de l'exèrcit turc.

Quan Llàtzer ja havia disposat el pla de la batalla i havia distribuït els seus homes, se li va acostar un cavaller hongarés que formava part dels quatre mil homes a cavall que constituïen l'avantguarda de l'exèrcit. Aquest hongarés, que comandava dos-cents llancers, va demanar ocupar la davantera de les forces d'avantguarda, cosa que li va ser concedida. En acabant, Llàtzer va dividir el seu exèrcit en tres parts. D'una d'elles nomenà cap i capità aquest hongarés. D'una altra part féu responsable un gendre seu. De la tercera, ell mateix en persona se'n va fer càrrec.

Havent disposat el cabdill cristià totes les seues gents en ordre de batalla, com que en tots els llocs hi ha espies, el sultà va saber de seguida que el seu enemic havia dividit l'exèrcit en tres parts i que

2. Aquesta datació és errònia, segurament per una errada del copista. Si tenim en compte que la història s'inicia l'any 1387 i que des de l'eixida de Jacob i Alí de Bursa fins al seu retorn transcorregueren catorze mesos i set dies, és clar que la data que apareix ací hauria de ser l'any 1389.

quatre mil cavallers ben armats serien els que primer atacarien.

Llavors el sultà va dividir també el seu exèrcit en diversos grups. D'un nomenà cap i responsable el seu fill Jacob Xalabín. D'una altra part era responsable l'altre fill seu, Beseit Bei. El tercer grup estava capitanejat per Alí Baixà, el quart per Anabecsu Bei i el cinquè per Sein Bei. El sultà va situar els seus homes de peu i de cavall en el quart bloc. Després va arrenglerar els sis mil camells que hi havia en tres fileres i els lligà els uns amb els altres amb grosses cadenes. Tot seguit, els va fer omplir d'esquelles i de címbals perquè feren el soroll més gran del món. Els va fer situar a la davantera, de forma que quan els enemics volgueren atacar, els seus cavalls s'espaordiren de la remor dels camells i es desviaren.

Quan el sultà va acabar de fer tot açò, tenia tan gran desig d'entrar en batalla i al mateix temps li produïa tan gran temor, que el seu cor no ho va poder suportar. Llavors va cridar els seus dos fills, Alí Baixà, Sein Bei i Anabecsu Bei i, quan va tenir els cinc al seu davant, els va dir:

—Vull veure aquesta gent de Llàtzer.

Tots sis pujaren en un puget que hi havia a prop i, quan foren dalt, guaitaren tot l'exèrcit de Llàtzer. Quan el sultà ho hagué vist, llançà un profund sospir.

—¡Per Déu, senyor! ¿Què és això? ¿Per què sospireu? —van dir els altres.

Llavors el sultà va contestar:

—Certament faria tot el possible perquè aquesta

batalla no tinguera lloc, encara que em costara perdre un poc del meu honor.

Immediatament els altres van contestar:

—¡Oh, senyor! ¿Com podeu dir vós això? ¿Que ara sou un covard? ¿Que no sabeu vós, senyor, que la vostra espasa sempre ha anat cap endavant?

Beseit Bei, el bastard, es va fer notar més que ningú dient:

—¡Per Déu, senyor! ¿I aquest és el coratge que ens doneu a nosaltres i a vós mateix? ¿Que no recordeu, pare, quanta terra heu conquistat i quantes gestes heu realitzat en la vostra vida?

Llavors el sultà va respondre:

—Tota la terra que jo he conquistat, l'he aconseguida sempre amb pactes i no he trobat mai ningú que se m'haja enfrontat en el camp de batalla. Per això tinc una gran ansietat i si hi haguera cap remei perquè la batalla no tinguera lloc, l'utilitzaria.

Quan hagueren sentit parlar d'aquella manera el sultà, de seguida, tots a una veu, digueren:

—¿Què dieu, senyor? Deixeu-nos fer que amb l'ajuda de Déu vencerem.

Llavors davallaren del puig i cadascú se n'anà on li havien ordenat. Van fer refrescar totes les seues gents i els seus cavalls. A més a més, estaven preparats per si de cas Llàtzer o algú del seu exèrcit atacava i poder-se'n defensar.

XVI. Com es va fer la batalla entre els turcs i els cristians i com va morir el sultà

Llàtzer, que estava molt desitjós de començar la batalla, va manar atacar. I, cap a poqueta nit, el cavaller tudesc va envestir amb totes les seues tropes contra els camells que constituïen l'avantguarda de les tropes del sultà. Els cavalls no recularen, sinó que escometeren fortament, de manera que van aconseguir trencar aquell primer obstacle i continuar avançant. I, sense parar d'esperonar els cavalls, s'introduïren pel mig de les tropes del sultà fins a arribar a les tendes dels alacàs, és a dir, d'aquells que venien les viandes. En arribar a les tendes, van fer mitja volta i van pensar de tornar cap al lloc per on havien vingut, però tota la host dels turcs se'ls va tirar al damunt només veure'ls que hi havien aconseguit entrar. Quan les altres tropes de Llàtzer acudien en ajuda d'aquell grup, en veure'ls que tornaven, van pensar que fugien i no hi van gosar entrar.

En aquell moment, el cavaller hongarés que havia jurat combatre amb el sultà cos a cos, deixà de banda la seua gent i, avançant-se a tothom, va esperonar el seu cavall i es va dirigir cap al lloc on pensava que es trobava el sultà, el qual estava amb un penonet i envoltat per un gran grup de gent. El cavaller hongarés, tot decidit, es dirigia com una fletxa cap al sultà amb la llança en posició d'atac. Quan el sultà va veure aquell cavaller tot sol i amb la llança preparada, ho va considerar com una burla i va manar a la gent que tenia al seu entorn que li deixaren lloc per a veure què era capaç de fer aquell cavaller.

El cavaller continuava tot recte cap al sultà. Aquest, en veure que anava a per ell, li va tirar una fletxa i després una altra. Però el cavaller no feia ni cas: continuava el seu camí amb la llança preparada. Llavors li donà tan gran colp amb la llança, ajudat per l'empenta que duia el cavall, que va travessar l'escut i les cuirasses del sultà i li'n va estacar el ferro pel costat, més de quatre dits. El sultà va caure a terra molt mal ferit, com mort; però encara no va morir.

La gent que hi havia, en veure el seu senyor que jeia mort, va començar a fer un gran brogit i tots a una van començar a tirar fletxes a aquell cavaller. Allò va fer que s'alçara una gran cridòria per tota la host i que els dos exèrcits lluitaren amb més odi.

De la mateixa manera que el sultà, Llàtzer també va morir a penes començada la batalla quan lluitava contra Anabecsu Bei. Quan el gendre de Llàtzer es va assabentar que el seu sogre era mort, no es preocupà de continuar la batalla, sinó que va manar que no es moguera ningú i, tot seguit, se'n va tornar a la seua terra per tal de ser el nou senyor.

XVII. Com Beseit Bei, el bastard, va acabar de matar el seu pare i va ofegar el seu germà

Beseit Bei, fill bastard del sultà, com que era el que es trobava més a prop d'on el seu pare havia caigut ferit de mort, hi va acudir de seguida. Mentrestant, la seua gent havia ficat el sultà dins la seua tenda. Va córrer el rumor entre la gent que va ser aquest Beseit Bei qui va rematar son pare quan encara no s'havia mort.

En acabar tot açò, es va pondre el sol. Beseit Bei va enviar un missatger per comunicar la notícia a Jacob Xalabín, a Anabecsu Bei, a Alí Baixà i a Sein Bei. Tots hi van anar a veure el sultà que ja era mort.

Llavors, en aquella hora, aquest traïdor de Beseit Bei va matar Jacob Xalabín estrangulant-lo amb un mandil per convertir-se així en el nou sultà. Els altres barons no gosaren dir res ni tan sols moure's, sinó que de seguida l'obeïren com a nou senyor.[1]

---

1. En el regnat de Mehemed II (1444-1481), una llei establí la pràctica del fratricidi per tal d'eliminar els membres de la família reial que pogueren mantenir, enfront del sobirà, pretensions a la corona. Però abans, ja hi havia hagut casos aïllats i amb la mateixa finalitat. Hom intentà justificar la llei amb textos corànics i pel principi polític: «És menys lamentable la mort d'un príncep que la pèrdua d'una província». El mètode d'execució fou normalment l'estrangulació amb una corda d'arc, és a dir, sense vessament de sang; la decapitació o qualsevol altre sistema d'execució sagnant foren reservats al càstig dels traïdors i criminals comuns.

I en açò, va arribar la nit i cap de les parts no es va preocupar de desmuntar les tendes del campament, sinó que cadascú se'n va tornar a la seua terra per ser senyor.

I d'aquesta manera, segons heu sentit, va morir el sultà i Jacob Xalabín, el seu fill legítim, la pèrdua del qual va ser una gran desgràcia per a aquella terra.

Per això avui dia regna en tota aquella terra com a senyor Beseit Bei, el bastard. El principal home que té al seu servei i que hi ha a Turquia és Alí Baixà, que governa en el seu nom. I encara és viva la seua muller, germana del senyor de Satalia.

Acabada és la dita història. A Déu gràcies.

APÈNDIX

Ací us presentem uns fragments del text original segons l'edició feta per Arseni Pacheco i publicada a l'editorial Barcino.

VIII. COM LA SENYORA NERGUIS INTRÀ DINS LA TORRA ON ERA JACOB XALABÍN E ALÍ BAXÀ

E Jacob Xalabín, fill de l'Almorat, qui havia aquí estat ben dos jorns ab son companyó, dins la torra, sperant la lur ventura, quant viu aquesta tant graciosa donzella, la qual ell tant amava, lo goig que hac, cascú s'o pot esmaginar, si en tal cars se veya, ja quin l'auria.

E la donzella Nerguis, qui viu aquella res que ella més amava en aquest món, e lo seu joyell que ella perseguia ab tant gran desig e molt desigat, ells se acostaren la I e l'altre e s'abrassaren e.s besaren; e, de molt gran goig e amor que la I a l'altre s'avia, no.s pogueren res dir ne parlar, ans, axí abrassats, caygueren en terra estramordits de fina amor que la I se aportava a l'altre.

E Alí Baxà e la cambrera, qui cascú viren lur senyor e lur dona en tal manera ab tan gran amor abrassats, e vaheren que no parlaven, ans geyen en terra, Alí Baxà dix a Jacob Xalabín:

—Companyó, ¿e què fèts? Fèts ço que a fer havets, e espetxats, que no havem temps.

E quant Alí Baxà viu que Jacob Xalabín no li responia ne li deya res, Alí Baxà sí dix: «Açò poria massa durar»; e sí pres Jacob Xalabín per les axelles cridant:

—Companyó, sus!

E Jacob Xalabín, axí com aquell qui era stramordit e fora de seny, lo guardava ab los ulls uberts e li reya en la cara. E per semblantment feya la cambrera a la sua donzella. E quant Alí Baxà e la cambrera vaeren que aquests dos no podien tornar en lur seny ne tenir-se en peus, sí comensaren de fer lo major dol del món, e sí digueren:

—¡O mesquins, en mal punt nos som levats, que tots serem morts! Que lo senyor ha ja menjat, e maravellar s'à com stam tant ací.

Cascun se pot pensar, que fos en semblant pars ne perill, ja què faria; per què Alí Baxà e la cambrera havian sobirana bascha e dolor, e no sens meravella. E tant no.ls donaven d'aygua ne de res, que.ls poguessen tornar.

Per què en aquest endemig tota la cavellaria hac mengat e faeren gran remor, e meteren a punt lurs cavalls, E lavors dix Alí Baxà a la cambrera:

—A la fe, no és a nós. Ací fa a pendre qualque remey o consell, que no siam descuberts ne morts.

E axí com aquell qui era molt cert e savi (e ha.y aparagut bé en sos fets, com vuy en dia Alí Baxà regeix e té en poder tot lo regne de l'Amorat que vuy és, e no s'i fa sinó ço que ell vol ne mana), e, per la sua discreció e saber, sí dix a la cambrera:

—Avet-o: nosaltros som morts, per què havem a pendra qualque manera.

E Alí Baxà de present se despullà les sues vestadures, e aprés despullaren la donzella Nerguis, e sí.s vestí les sues vestadures, e aprés ligar's los ligars que la donzella ligava, e enborrossà's la cara; car sapiats que en aquella terra han tal usança: que totes les dones van ab les cares cubertes e null hom no les pot veura ne conèxer. E, per semblantment, pres aquest Alí Baxà los ligars e les vestadures de la donzella Nerguis; e, aprés, sí dix a la cambrera:

—Anem defora, e isquam hic; e no.t pertesques del meu costat, e si negú se acostava a mi per perlar-me, scusases-me. E anem, que porà ésser que en la nit o qualque hora nós no pugam fugir; e tornarem açí, en aquests, e seran regoneguts. Per què, stojats bé la clau.

E de present aveus Alí Baxà, qui ach preses les vestadures de la donzella e la forma, e la cambrera ensemps se n'isqueren de la torra, e tancaren-la bé. E de present, com tota la cavallaria viu que aquestes venien, sí digueren: «La senyora ve». E aquest Alí Baxà, ab la cambrera ensemps, qui.l guiava, anaren a la tenda de la senyora Nerguis, e aquí se assigueren. E aquí vírets de present les dones e donzelles venir devant Alí Baxà, faent-li reverència que havien acustumada de fer, penssant-se que fos lur senyora; e sí li dehien:

—Senyora, ¿e havets vist lo cors de vostra mare?

E de present la cambrera parlava, e deya:

—Per amor de Déu, no li digats res, que tant ha plorat sobre lo moniment de sa mare, que envides la n'é poguda levar.

E en aquesta manera la cambrera scusava que Alí Baxà no gosava perlar. E de present lo senyor féu tocar la trompeta; e muntaren a cavall; e tot hom cavalcà, e Alí Baxà axí mateix, e la cambrera tots temps al seu costat; e materen-se en la via.

Penssats-vos que aquest Alí Baxà stava en gran pensament e pahor que no fos descubert, e moltes vegades, de jorn e de nit, mentre que cavalcaven, ell se esmaginave si poguera fugir; mas, axí com aquell qui era cert e savi e sabia molt, neguna vegada no hac avinentesa ne loch que pogués fogir. E la cosa que més lo'n feya star si.u feya, per ço com ell no cavalcava cavall, ans cavalcava mula, qui amblava, per ço com és leguda cosa que fembra cavalch semblant bèstia, per ço que vage pus posada. E per aquesta raó Alí Baxà no cavalcava cavall ne rocí, car si.u fahés, qualque ora de la nit hagueren assegat de fugir. E per aquesta rahó ell no hac loch ne avinentesa de fugir, ans per lurs jornades cavalcaren tant entrò que vingueren prop de la ciutat de Satalia.

Are sí tornarem a Jacob Xalabín e la donzella Nerguis, qui eren romasos en la torra; e puys, con mester serà, nos tornarem a Alí Baxà e a la cambrera.

XI. COM ALÍ BAXÀ JAGUÉ AB LA GERMANA DEL SENYOR DE SATALIA, NE CON ELLA SE N'ANÀ AB ELL

E de present que Alí Baxà fo dins, axí com aquell qui havia més pahor que vergonya, sí.s gità sobre lo lit, donant semblant que fos molt ugada, e la cambrera se assigué decosta lo lit. E la germana del senyor de Satalia li dix si volia beura ni menjar, e de present la cambrera li respòs, e dix que no volia menjar ni boura, car fort era ugada. E a pocha hora, axí con lo vespra venia, lo sopar fo molt richament apparellat, e lo senyor de Sathalia, axí com aquell qui bé.s penssava que la donzella devia ésser ugada, sí dix a la sua germana que sopassen abdues dins la cambra e que.n penssàs bé; e con vench a cap de pessa, la germana del senyor de Satalia dix:

—E donchs, la mia cunyada, ¿soparem?

E de continent la cambrera respòs, e dix que la senyora no volia sopar, ans se volia metra al lit, per ço com era molt ugada. E la cunyada, qui viu que no volia sopar, sopà.

E, aprés, lo lit fou molt bé arreat. E Alí Baxà mès-se dins lo lit ab sa camisa vestida e ab lo cap e cara enberuçat, e la cambrera qui stava aquí present al balcal del lit. E aprés que fou dins lo lit, sí dix a la cambrera que.s prengués bé esment del palau, e de la porta e de la stable, ne de qual part staven los bons cavalls, en guisa que com tot hom dormís sí poguessen fugir. E la cambrera sí.s pres guarda e esment.

E.n pocha d'ora que Alí Baxà sí fou mès en lo lit, sí vench la germana del senyor de Satalia per fer companyhia a la sua cunyada la nit e per parlar ab ella, e quant fou en la cambra sí dix:

—Adonchs, cunyada, ¿e dormits?

E de continent la cambrera sí li dix:

—A, senyora!, per amor de Déu no façats brogit, que la mia dona dorm, que bé ha V nits que no ha dormit.

E la germana del senyor de Sathalia sí donà fe a les paraules de la cambrera, e no dix res, sinó que.s penssà de despular, e gità's al costat de Alí Baxà. E quant fo al lit, Alí Baxà, axí com aquell qui poch dormia ne n'avia volentat, tota la sanch li escalfà, per ço com lo foch sta molt perillós stant prop la palla, que cové que si s'acosta, que per forssa s'à a pendra.

E aquest Alí Baxà, qui.s viu al costat de aquesta, no.y poch tenir, si.n sabés morir, ans de present s'i acostà e la comensà de abrassar e de besar molt stretament. E la donzella qui viu aquest tan fort strènyer-la, maravellàsse'n, fort, e tota estranyent en si mateixa.

E Alí Baxà, axí com aquell qui era molt jova e trempat, comensà de fer en ella tal cosa qui no és leguda de dir; e la donzella, qui viu açò, no.u tench en joch, ans volch cridar, e de continent Alí Baxà posa-li la mà en la bocha e dix:

—No digats res; si no, vós sou morta.

E la donzella, quí hoy perlar aquest, e sentí que era homa, no gosà res dir; e Alí Baxà procehia fer sos plers d'ella. Los quals lo senyor de Satalia hac a pendre en paciència.

E aprés que Alí Baxà ach fet sos fets, sí dix a la donzella:

—Aveus-ho, donzella, del fet aquest. Jo susare me'n vaig, e no hic pusch pus aturar; per què vejats si us ne volets venir ab mi.

Al qual la donzella de present respòs sens negun acord que n'agués, e sí dix:

—Hay, senyor! Hoc, jo anar; e no us vull per res jaquir, si.n sabia morir, ne si.m sabíets menar al cap del món. E de açò no duptets en res.

E, certes, no era maravella si li responia axí ne si.l volia seguir, com sa virginitat li havia liurada, e ella qui n'era molt contenta e pas no se'n penedia. Exceptat que li dix:

—Lo meu senyor, jo us prech que.m diguats vós qui sots.

A la qual demanda Alí Baxà respòs:

—Donzella, prech-vos no.us desplàcia com al present vos no.u podets saber, jo qui són. Mas que.ns spetxem.

E de present sa vestiren; e açò podia ésser entorn ora del prim son. E la donzella, axí com aquella qui havia moltes joyes e riques, sí les pres ensemps ab Alí Baxà, e ab la cambrera sí.n faeren I plech. E tot tres, tot sacretament, ab I brandonet, sí se n'entraren en lo stable, e sí prengueren IIII cavalls dels millors que hi trobaren, e ensellarenlos e los enfrenaren; e a la I dels cavalls sí li posaren lo trocell de les joyes, e en los altres III cavalls Alí Baxà e la donzella e la cambrera cavalcaren. E sí s'isqueren sacretament del palau, que nengú no ho sentí, que tothom dormia en aquella ora; e per consegüent isqueren de la ciutat.

E aprés, con foren fora de la ciutat, podia ésser migenit, e faheren la via de la torra hon havien lexat Jacob Xalabín e la donzella Nerguis. E sí cavalcaren dos jorns e III nits, que jamay no posaren fins que foren a la torra.

PROPOSTES DIDÀCTIQUES

NOTA SOBRE LES PROPOSTES DIDÀCTIQUES

Les propostes didàctiques que hi ha en els llibres d'aquesta col·lecció han estat concebudes com un instrument auxiliar, sempre que calga, de la tasca lectora.

Segons els objectius que es pretenga assolir, i atenent les necessitats i disponibilitats dels receptors, caldrà fer una selecció més o menys àmplia i més o menys profunda d'aquest ventall obert de possibilitats diverses i variades. També es podrà suprimir, variar, completar o fer tot allò que els discents i els docents consideren convenient per tal de fomentar la lectura, tot millorant la comprensió, la capacitat de relació i de raonament i, sobretot, la capacitat de diversió i creació personal que qualsevol llibre ofereix als seus lectors.

A. EL CONTEXT HISTÒRIC

1. Basant-te en obres de consulta general i en enciclopèdies, redacta un informe sobre la presència dels catalans a les terres de Grècia i de Turquia en l'Edat Mitjana. Pots iniciar la recerca pels ducats d'Atenes i Neopàtria i a partir d'això aclarir la significació de personatges o fets històrics com Roger de Flor, «l'expedició dels almogàvers a l'Orient» o «la venjança catalana».

2. Copia el mapa que s'adjunta i completa'l amb la informació obtinguda en l'exercici anterior i amb altres dades sobre els territoris de la Corona d'Aragó a Orient, les ciutats de la zona en què hi havia cònsols del mar (una mena d'ambaixadors), etc.

3. Situa en aquest mapa i remarca-hi amb color roig els escenaris que apareixen a la novel·la *Jacob Xalabín* i les rutes que recorre el seu protagonista.

4. Relaciona els territoris i les ciutats que se citen en els dos exercicis anteriors, indicant les possibles coincidències.

5. A partir de les informacions dels exercicis anteriors, explica com eren les relacions entre catalans i turcs i de quina manera açò pot ajudar a comprendre millor una novel·la com *Jacob Xalabín.*

6. Cita altres obres medievals en la nostra llengua en què també apareguen els turcs o les terres de Turquia i explica com els reflecteixen aquestes obres.

7. Cerca els detalls d'ambientació «oriental» que es poden trobar al text de *Jacob Xalabín* i fes-ne una relació.

7.1. ¿Quins costums turcs revela la novel·la que t'hagen

cridat més l'atenció en contrast amb els «occidentals»? ¿Per què?

7.2. Explica quins d'aquests costums es conserven encara en les societats islàmiques i com tens constància d'aquesta permanència.

7.3. Documenta't sobre la història posterior dels turcs a Europa i redacta'n un resum.

8. En la novel·la es parla de la batalla de Kossovo, encara que, explícitament, no se cita aquest nom. Localitza aquest passatge i realitza les activitats següents:

8.1. Explica, segons el llibre, quan, on, per què, entre qui... va tenir lloc aquesta batalla i qui la va guanyar.

8.2. Busca en un llibre d'història i cita altres batalles reals que hagen tingut lloc en aquest mateix indret, tot aclarint els aspectes que preguntàvem a l'exercici 8.1., així com la transcendència històrica d'aquestes batalles.

9. El mapa fa referència a Sèrbia. Situa aquest indret en un mapa actual i contesta de forma raonada les preguntes següents:

9.1. ¿Amb quins pobles conviu Sèrbia actualment? ¿Com és aquesta convivència?

9.2. ¿Què era Iugoslàvia? ¿Quan es va constituir com un estat únic? ¿Per qui i durant quin règim polític? ¿Quin paper hi jugava Sèrbia?

9.3. Explica tot el que sàpies sobre aquest estat i valora si la seua era una unitat ètnica, religiosa, lingüística...

10. Organitzeu un debat al voltant del tema següent: «Nacions, nacionalismes i la situació conflictiva que viu l'ex-Iugoslàvia als anys noranta».

B. ELS ORÍGENS: L'AUTOR I L'OBRA

1. Resumeix la proposta que es fa en la *Introducció*, sobre la possibilitat de dos autors per a la novel·la i aclareix les hipòtesis sobre la seua procedència.

2. Relaciona aquesta proposta amb els diferents capítols de la *Història de Jacob Xalabín.*

3. Fes el mateix que has fet en l'exercici 1. en relació a l'origen de la història.

4. Explica la teoria del creixement de l'obra a partir d'una mena de «pamflet» inicial.

5. Determina les característiques que presenta, segons la *Introducció,* cadascuna de les etapes de formació d'aquesta història.

6. ¿Creus que l'autor del nostre text coneixia personalment Turquia? ¿En què et bases per a afirmar una cosa o l'altra? Justifica-ho amb fragments o frases de la novel·la.

7. ¿Com es mira els turcs l'autor? ¿I els cristians? Raona la teua resposta a partir de les dades de la *Introducció* i de les opinions que l'autor deixa entreveure en el text.

8. Aclareix la visió que l'autor té dels jueus i, en especial, del metge Quir Mossé. Demostra-ho amb exemples de la novel·la.

9. Analitza si aquesta opinió sobre els jueus és un cas aïllat o apareix també en altres obres literàries o en altres etapes de la història de la humanitat. Per a completar aquesta anàlisi cal que realitzes les activitats següents:

9.1. Cita exemples significatius d'antisemitisme al llarg de la història.

9.2. Determina les possibles causes o excuses d'aquesta actitud i valora-les.

9.3. Compara la situació actual del poble hebreu i la seua consideració mundial en relació a d'altres etapes històriques.

10. Com a conclusió d'aquest apartat B, analitza els possibles propòsits de l'autor en redactar un text com el

Jacob Xalabín. Pensa que es poden detectar-hi diferents intencions.

C. FETS, PERSONATGES, ACTITUDS...

1. Copia i completa aquest quadre sinòptic, tot seguint la divisió de l'acció que ofereixen els capítols:

	Localització (ciutat, país...)	Personatges en escena	Argument
Cap. I			
Cap. II			

2. En la nota a peu de pàgina número vint de la *Introducció* se'ns diu que «la fi de la història sembla feliç i esdevé fatal»:

2.1. Argumenta a favor o en contra de l'opinió anterior.

2.2. Explica com acaba l'obra i, en el seu cas, per a quins personatges acaba bé, per a quins acaba malament i de quins no se'ns aclareix la situació final.

3. Elabora una fitxa on apareguen les dades de cada personatge principal (càrrecs, aspecte físic, aficions, habilitats...)

4. Relaciona la caracterització que has fet dels personatges amb el seu caràcter i la seua forma de comportar-se.

4.1. ¿Creus que les seues relacions són lògiques? ¿Per què?

4.2. Anota adjectius qualificatius que definisquen la forma de ser o de comportar-se dels diferents personatges de l'obra.

4.3. Justifica la tria anterior amb exemples del text.

5. Compara els trets dels personatges femenins de la novel·la, en especial els d'Issa Xalabina i els de Nerguis. ¿Quines diferències hi detectes? ¿I quines semblances?

6. Estableix una relació de semblances i diferències entre el personatge Jacob Xalabín i el personatge Tirant lo Blanc. (Recorda que pots llegir les aventures del cavaller Tirant en el número 10 d'aquesta mateixa col·lecció.)

7. Les motivacions que impel·leixen les accions dels personatges són diverses: amor, amistat, desig sexual, desig de poder, cobdícia, lleialtat, submissió, por, vassallatge, obediència...

7.1. Determina la motivació o les motivacions que regeixen les actuacions dels personatges en cada moment de la seua trajectòria.

7.2. Relaciona els personatges entre ells segons que les seues motivacions siguen complementàries o antagòniques.

8. Com a conclusió d'aquest aspecte, realitza les activitats següents per tal d'analitzar si la psicologia dels personatges evoluciona o es manté estable al llarg de tota la seua peripècia.

8.1. Demostra quins hi evolucionen més i quins menys. ¿De quines actituds parteixen i a quines arriben al final de l'obra?

8.2. ¿La seua evolució és ràpida o lenta, lògica o il·lògica, positiva o negativa? Contesta de forma raonada i amb exemples que ho justifiquen en cada cas.

9. L'obra reflecteix aspectes com els viatges, la guerra, l'amor, les activitats socials o d'oci característiques de la gent acomodada i les activitats pròpies de la vida quotidiana (menjar, beure, dormir...)

9.1. Calcula el percentatge aproximat que l'obra dedica a cadascun d'aquests aspectes (per extensió i/o per quantitat de referències o freqüència d'aparició) i ordena'ls segons aquest càlcul.

9.2. Analitza si la importància quantitativa d'algun

aspecte implica la mateixa importància a l'hora de determinar l'evolució de la trama de l'obra. Exemple: ¿La guerra té molta o poca presència en l'obra? ¿Hi determina molt o poc el destí dels protagonistes? ¿I l'amor?

10. Posa exemples de fets, comportaments, actituds, costums, idees... que et resulten actuals o avançats per a la seua època i d'altres que, actualment, resulten desfasats.

10.1. Valora si, en general o per algun aspecte, aquesta novel·la et sembla «moderna» o, pel contrari, ha quedat «antiquada».

D. ASPECTES FORMALS

1. Analitza a quin gènere i a quin subgènere pertany aquesta obra literària mitjançant la realització de les activitats següents:

1.1. Resumeix les opinions que sobre el tema s'exposen en la nota 16 de la *Introducció*.

1.2. A més, i a partir de les dades de l'exercici 9. de l'apartat A, demostra:

a) Si es tracta d'un llibre de cavalleries i d'aventures, més o menys fantàstiques.

b) Si és una novel·la d'amor, més o menys «rosa».

c) Si hi tenen una certa importància aspectes realistes que podríem anomenar, amb un sentit ampli, «burgesos».

d) Altres possibilitats.

2. Determina, en general, si en l'obra predomina la narració, la descripció o el diàleg. Aproximadament, ¿en quin tant per cent?

3. Comenta les característiques formals i conceptuals més significatives de dues descripcions: una d'algun lloc o ambient i una altra d'algun personatge. (Caldrà indicar també, en ambdós casos, l'extensió, el to, la intenció, etc.)

4. Analitza els diàlegs. Caldrà indicar l'extensió habitual (llargs, curts...), l'agilitat (ràpids, lents), el seu nivell lingüístic (més, o menys, cultes o retòrics que la resta del relat) i altres característiques formals o conceptuals que hi destaquen.

5. Redacta un comentari sobre les característiques formals i conceptuals de l'expressió del narrador (persona gramatical que empra, tipus d'oracions —llargues, curtes, amb o sense incisos i comentaris al receptor—, to o actitud —moralitzant, objectiu, parcial, festiu...—, etc.

5.1. Anota o resumeix alguns exemples del text que demostren que es tracta d'un narrador omniscient i omnipresent.

6. Cerca i anota paraules o expressions que facen referència als possibles receptors ficticis o que demanen la implicació d'aquests en els fets narrats.

6.1. Copia alguns verbs que apareguen en segona persona del singular. ¿Si no fan referència a personatges de l'obra, a qui es refereixen?

6.2. Sembla ser que aquest relat pensa més en «oïdors» que en «lectors». Demostra-ho relacionant-ho amb el canal habitual de difusió de la literatura tradicional.

7. Resumeix l'apartat 5. de la *Introducció* on s'expliquen els trets lingüístics més destacats d'aquesta obra.

7.1. Demostra de forma raonada i amb exemples del text el teu acord o desacord amb l'afirmació de Lola Badia que diu que el llenguatge del relat és «el llenguatge literari de nivell més baix».

7.2. Tot i que el text que us oferim és una versió actualitzada, cita exemples de paraules o expressions que et resulten arcaiques o que presenten particularitats que et semblen poc actuals.

8. A l'*Apèndix* us presentem uns fragments del text original en llengua antiga.

8.1. Torna a escriure, amb paraules i construccions

actuals, els títols i els dos primers paràgrafs d'aquests fragments.

8.2. Compara la teua actualització amb la nostra i explica les diferències i semblances que trobes entre els tres textos: l'antic, el teu i el nostre.

9. Indica la data de creació de la novel·la original i digues si, lingüísticament, la trobes molt o poc allunyada de les formes actuals.

9.1. Explica de forma raonada i amb exemples en quin nivell trobes més diferències entre l'estadi lingüístic antic i l'actual: en el fònic-ortogràfic, el morfosintàctic o el lèxico-semàntic.

10. Esbrina la data de publicació de la nostra novel·la més clàssica, *Tirant lo Blanc,* i compara les seues formes lingüístiques originals amb les emprades per l'autor de *Jacob Xalabín:* ¿quina de les dues novel·les et resulta més fàcil d'entendre, o més antiga, o més llunyana des del punt de vista lingüístic?

E. APLICACIÓ I CREACIÓ

1. Imagina una fi diferent per al nostre text i redacta'n un capítol. Has de tenir en compte les particularitats del llenguatge i de l'estil.

2. A partir del quadre sinòptic que has elaborat, tot remarcant els escenaris, els personatges i les accions, fes un extracte dels punts més importants de cada apartat i realitza un còmic.

3. Converteix algun episodi del text en una escena teatral. Pots provar-ho amb l'encontre de Jacob i Nerguis a la torre funerària i caldrà seguir les passes següents:

3.1. Llig aquest capítol i converteix en acotacions (generals de l'escena o concretes d'un diàleg o d'un personatge) la narració resumida de les accions o les descripcions sintetitzades de llocs, ambients i actituds dels personatges.

3.2. Amb les informacions anteriors i amb el que pensen o diuen els personatges —directament o indirecta— construeix i escriu en format teatral els diàlegs que hauria d'escoltar el possible espectador de l'obra.

4. Si les aventures de la novel·la hagueren passat en el nostre temps, segur que s'haurien convertit en notícies de premsa.

4.1. Dividiu-vos en equips, escolliu una d'aquestes possibles notícies de la vida de Jacob i redacteu-la com si fos un article periodístic. Abans de fer-ho, haureu de documentar-vos sobre el llenguatge informatiu i recordar que heu d'encapçalar el vostre article amb un titular ben cridaner.

5. Exposeu a la resta del grup les notícies redactades i veureu com teniu una mena de diari de l'enamorament i la mort de Jacob.

6. Valora el resum de l'argument que fa l'anònim autor de la novel·la abans del capítol primer d'aquesta.

6.1. Aclareix si aquestes informacions són positives o negatives per a mantenir o despertar l'interés dels receptors de la història.

6.2. ¿Fins a quin punt l'autor respecta el dret del lector de descobrir personalment la trama? ¿Ho trobes un encert o un error novel·lístic? ¿Per què? ¿Ho deixaries tal com apareix ara o buscaries altres solucions? ¿Quines?

7. Fes el mateix amb els títols que precedeixen cada capítol.

8. Aquest volum, com la resta de títols de l'editorial, ofereix, en la contraportada, informació sobre l'obra i l'autor:

8.1. Seguint aquest estil de no declarar l'argument, però sí suggerir, intrigar el lector i invitar-lo a la lectura, redacta la teua contraportada d'aquesta obra, a partir del resum inicial i amb la informació que ja tens després d'haver llegit tot el llibre.

8.2. Compara la teua creació amb la contraportada del llibre i amb altres de la teua classe, valorant els següents aspectes: capacitat màxima de suggerir i intrigar amb un mínim de paraules, originalitat i capacitat estètica del text...

8.3. Resumeix les característiques formals i de contingut de les contraportades que més t'hagen agradat.

9. Escriu la teua opinió sobre el text i, en classe, comenta l'interés o no de la novel·la per als lectors actuals i, més concretament, per a tu.

GLOSSARI

ABILLAR. Preparar, guarnir d'ornaments, adornar especialment algú amb vestits luxosos i altres ornaments.

ACOMIADAR. Llicència o permissió de partir, d'anar-se'n.

ADREÇAR. Fer anar (algú o alguna cosa) dret a algú.

AFABLEMENT. D'una manera agradable, gentil, bondadosa en la conversa i en el tracte.

ALBIRAR. Veure de lluny alguna cosa sense distingir-la bé.

ALDARULL. Confusió, avalot.

ALMOINA. Allò que hom dóna gratuïtament per socórrer una necessitat, com diners, menjar, roba.

ANAFILS. Trompetes moresques rectes i molt llargues.

APARELLAR. Preparar, disposar.

ATURAR. Cessar de moure's, de prosseguir una acció. Detenir-se en un indret, restar-hi, romandre-hi.

BARRINAR. Rumiar, discórrer, meditar.

BATLE. Agent del senyor feudal o del comte amb funcions fiscals i, sovint, judicials. Delegat del sobirà dins el govern municipal. Magistrat municipal.

BROGIT. Successió confusa de sorolls, remor que mou una multitud, un corrent d'aigua, els rompents de la mar, el vent en el fullatge.

CAMBRERA. Serventa que té al seu càrrec el servei de la cambra.

CANDELA. Metxa de cotó envoltada d'una capa de cera o sèu que fa una flama lluminosa quan s'encén.

CAPTAIRE. El qui viu de demanar almoina, pobre de professió.

CÉRVOLA. Femella del cérvol. Mamífer remugant, de pèl curt, aspre, roig fosc, de potes llargues, cua curta, el mascle amb banyes massisses i ramoses que perd i renova cada any.

CÍMBALS. Instrument antic anàleg als platerets.

CORREUS. Persona encarregada de portar notícies orals o escrites d'un lloc a un altre.

DAVALLAR. Anar, traslladar-se, moure's, d'un punt a un altre de més baix.

DELER. Passió que hom posa en una acció.

DESPATXAR. Donar comiat, invitar o obligar algú a anar-se'n.

DISCRECIÓ. Qualitat de discret, reserva en les accions i en les paraules, reserva del qui no fa sinó allò que convé de fer, del que no diu sinó allò que convé de dir, que sap callar allò que li ha estat confiat.

DONZELL. Jove noble encara no armat cavaller. Fadrí; home jove i no casat.

DONZELLA. Dona que no ha conegut home, verge.

DREÇAR. Posar dret allò que està inclinat o ajagut.

ENFRENAR. Posar el fre a un cavall.

ENFUGIR-SE. Escapar-se.

ENRENOU. Agitació, bullícia, moviment de coses que es porten d'un lloc a l'altre.

ESBRINAR. Pervenir a conéixer la veritat d'una cosa, cercant-la fins a descobrir-la.

ESPAORDIR. Agafar por, espantar-se.

ESQUELLA. Campana petita, cilíndrica o quasi cilíndrica com les que es posen al coll dels bous, moltons, etc., que guien un ramat.

ESTAMORDIR. Atordir, deixar com mort, sense sentits.

ESTOL. Conjunt de gent. Colla.

ESTONA. Espai de temps d'alguna durada.

ESTREP. Cadascuna de les peces penjades una a cada costat de la sella, on es fiquen i descansen els peus del genet.

FOLL. Que ha perdut la raó.

GAUDIR. Posseir una cosa de la qual traiem un profit, un avantatge. Fruir.

GREUGE. Paraula o acció que ofén greument.

GUARIR. Restituir la salut. Alliberar d'una malaltia.

GUARNIR. Completar alguna cosa afegint certes parts com a ornaments, accessoris.

HOSTATJAR. Acollir com a hoste. Allotjar-se, establir-se com a hoste en un lloc.

JAURE. Estar algú estés ben llarg a terra, en un llit, sobre un suport qualsevol.

JOIELL. Peça preciosa d'or, d'argent, etc., especialment amb una o més gemmes, que serveix d'ornament de les persones. Joia.

LLAVORS. En aquell moment.

LLOAR. Donar amb paraules la nostra aprovació i l'aplaudiment a algú o a alguna cosa.

MANDIL. Peça de drap o cuiro que protegia el pit dels guerrers turcs.

NEGUIT. Inquietud, molèstia, que dóna una forta excitació, una gran impaciència, desassossec.

NOCES. Boda, núpcies, casament.

PASSAR A MILLOR VIDA. Morir, expirar.

PALAFRÉ. A l'Edat Mitjana, cavall noble de sella però no de batalla (per oposició a destrer).

PENEDIR-SE. Saber greu a algú haver fet o deixat de fer alguna cosa.

PLÀNYER-SE. Queixar-se, expressar algú el seu mal contentament.

PLAURE. Agradar.

PUIG. Elevació del terreny, més o menys rosta i formant cim que sobreïx del terreny circumdant, siga una plana, siga un massís muntanyós.

QUEVIURES. Provisions de boca. Coses de menjar.

ROMANDRE. Estar en un lloc durant un període de temps.

ROSSÍ. Cavall de treball, especialment de mala classe, vell, dolent.

RUMIAR-S'HO. Sotmetre alguna cosa, algun pensament detingudament, una i altra volta, a la consideració mental.

SESTA. Primera hora de la tarda. Migdiada.

SULTÀ. Sobirà d'un estat mahometà, especialment dels turcs.

TREMPAT. Valent, animós, ple de delit.

TOTHOM. Tota la gent.

TRELLAT. Raó, fonament lògic, clarícia. // Profit, resultat pràctic d'una acció.

VENTURA. Allò bo o dolent impossible de preveure amb certitud, que pot esdevenir-se a algú.

VERGER. Hort amb varietat de flors i d'arbres fruiters.

VIANANT. Qui va de camí.

ÍNDEX